STS

山田社

STS

STS

山田社

STS

蝦米！7天就會？歹勢！是真的！

CD
inside

7天學會
Kenyon and Knott
KK音標

里昂◎著

pron.

山田社
Shan Tian She

前 言

What's！7 days?

「蝦米？！7天就能學會KK音標？」
ㄞ勢！是真的！

《7天學會KK音標》讓您不用出門，在家練功就可以成為英語達人！特色：

1. Kuso故事，一句話記發音！
2. 真人嘴形，到位又好懂！
3. 搞笑繞口令，瞬間玩出英語口！
4. 相似發音大對決，記得真明白！
5. 「10倍速音標記憶網」發音高手，絕招盡出！
6. 朗讀光碟+書本，邊聽邊學超效率！

STEP1｜聯想插圖學發音

發音圖像化，張張爆笑易聯想，再配合技巧口訣，第1步就掌握說英語的精髓。

STEP 2｜發音要訣一點靈

舌位、唇形、氣流等，每個細節都不漏，簡單扼要的說明，連小學生也看得懂！

STEP 3｜X光口腔解剖學

舌頭要怎麼擺、氣要怎麼送出，每張口腔解剖圖，就像瞬間照下老師口腔的X光片，看了就會模仿。

STEP 4｜真人嘴形真到位

外籍老師掛保證：「學我的嘴形，就能說出一口好英語！」發音過程從裡到外都清楚，就是最到位的學習。

STEP 5｜英單英句馬上用

當音標配上用場時，就是應用在生活單字、例句裡的時候！隨學隨用超有成就！

STEP 6｜發音辨別好耳力

小地方不同，字義大不同！豎起您的雙耳，從KK音標起，就訓練您的英語好耳力。

STEP 7｜流利英語必勝技

抱著玩遊戲的心情，挑戰高難度的繞口令，朗朗上口的英語就此而生！

STEP 8｜10倍記憶無往不利

音標知識無限大！跟著記憶網的知識庫學習，7天就能剛學單字馬上就發音！

學英語想長遠，第一步就從KK音標學起！本書專為華語圈讀者編寫，是最好玩、最有效、最平易近人的學習本。動口玩一玩就能駕馭英語發音！

目 錄

母音

子音

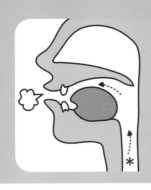

①

[i]的發音

拍照的時候，雙唇拉開，露出牙齒笑一個。

 怎麼發音呢

[i]的音該怎麼發呢？首先舌頭上升，但是沒有碰到硬顎，留下一條細細的通道。舌頭維持這個姿勢，將嘴唇往兩邊拉，展現迷人的微笑。接著振動聲帶，讓氣流緩緩流出，就可以發出又長又漂亮的[i]囉！

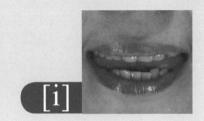

[i]

邊聽邊練習單字跟句子的發音喔

大聲唸出單字喔

❶ sea	[si]	海	❹ read	[rid]	閱讀
❷ me	[mi]	我	❺ tea	[ti]	茶
❸ pea	[pi]	豌豆	❻ bee	[bi]	蜜蜂

大聲唸出句子喔

❶ Sheep eats cheese.
羊吃起士。

❷ We need a key.
我們需要一把鑰匙。

❸ She feeds bees.
她餵蜜蜂。

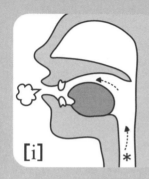

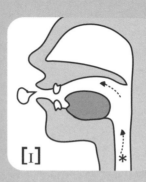

[i]　　　　　　　　[ɪ]

 比較[i]跟[ɪ]的發音

兩個母音就像是媽媽和小孩，發音非常相似。[i]發音比較長，嘴形比較扁平，而[ɪ]就是[i]的小孩，發音又短又急，可是嘴形相同喔！

[i]				[ɪ]		
❶ heat	[hit]	溫度		hit	[hɪt]	打擊
❷ lead	[lid]	領導		lid	[lɪd]	蓋子
❸ feel	[fil]	感覺		fill	[fɪl]	裝滿
❹ Pete	[pit]	彼得		pit	[pɪt]	洞

 玩玩嘴上體操

It's a pizza Tim's team's eating.

提姆的隊員吃的是比薩。

10倍速音標記憶網——哪些字母或字母組合唸成 [i]

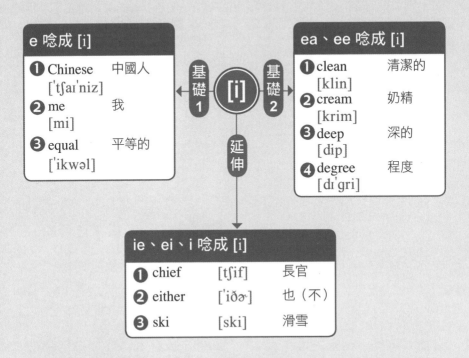

e 唸成 [i]

❶ Chinese 中國人
['tʃaɪ'niz]
❷ me 我
[mi]
❸ equal 平等的
['ikwəl]

ea、ee 唸成 [i]

❶ clean 清潔的
[klin]
❷ cream 奶精
[krim]
❸ deep 深的
[dip]
❹ degree 程度
[dɪ'gri]

基礎 1 | [i] | 基礎 2

延伸

ie、ei、i 唸成 [i]

❶ chief [tʃif] 長官
❷ either ['iðɚ] 也（不）
❸ ski [ski] 滑雪

 練習一下

請選出正確答案

1. ( ) [hit]　❶ hit 打擊　❷ tih ✗　❸ heat 溫度

2. ( ) [fil]　❶ life 生活　❷ feel 感覺　❸ please 請

答案：1. ③　2. ②

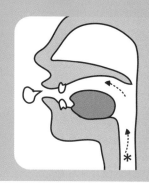

② [ɪ]的發音

我兒子考試得第「一」啦！

一！！！

 怎麼發音呢

[ɪ]是[i]的偷懶版。首先是舌頭位置比[i]低一點，在[i]與[e]之間，嘴唇往兩邊分開程度比[i]小一點，而且舌頭不用像[i]一樣緊繃，發出比[i]短的音。別忘了不只是長短音的分別，舌頭與嘴唇的位置也不同喔！

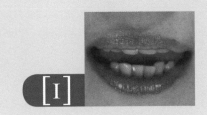

[I]

 邊聽邊練習單字跟句子的發音喔

大聲唸出單字喔

❶ kid　　[kɪd]　　小孩　　❹ sick　　[sɪk]　　生病

❷ sit　　　[sɪt]　　坐下　　❺ pig　　　[pɪg]　　豬

❸ it　　　　[ɪt]　　它　　　❻ hill　　　[hɪl]　　山丘

大聲唸出句子喔

❶ Billy picks a wig.
　　　　　　比利撿起一頂假髮。

❷ It will win.
　　　　　　它將取得勝利。

❸ The kid is sick.
　　　　　　那孩子病了。

9

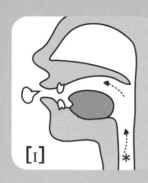 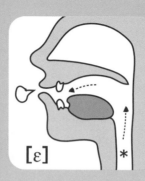

[ɪ]　　　[ɛ]

 比較[ɪ]跟[ɛ]的發音

在發這兩個母音時，會發現兩者發音位置很像，只是在發[ɛ]的時候要把嘴巴張比較大一點喔。請試試看先發一個[ɪ]，再把嘴巴微微張開，就發出[ɛ]這個音了！

[ɪ]		
❶ pit	[pɪt]	坑
❷ bit	[bɪt]	一點
❸ chick	[tʃɪk]	小雞
❹ sill	[sɪl]	窗台

[ɛ]		
pet	[pɛt]	寵物
bet	[bɛt]	打賭
check	[tʃɛk]	檢查
sell	[sɛl]	賣

 玩玩嘴上體操

It fits, Miss fitz.
費芝小姐，那很適合你。

i 唸成 [ɪ]

❶ magic   魔法
    [ˈmædʒɪk]
❷ ship   船
    [ʃɪp]
❸ ring   戒指
    [rɪŋ]

基礎 1 ← **[ɪ]** → 基礎 2

基礎 3

例外的i (字尾是i+子音+e)唸成 [aɪ] 而不是 [ɪ]

[ɪ]→[aɪ]

❶ bit→bite 少量→咬
    [bɪt]→[baɪt]
❷ fin→fine 魚鰭→美好的
    [fɪn]→[faɪn]

y 唸成 [ɪ]

❶ symbol   [ˈsɪmbl]   符號
❷ rhythm   [ˈrɪðəm]   節奏
❸ lucky   [ˈlʌkɪ]   幸運的

 練習一下

請選出題目中的音標，所能組成的單字

1. ( ) [pɪg]   ❶ pet   ❷ gap   ❸ pig
              寵物   代溝   豬

2. ( ) [ʃɪp]   ❶ ship   ❷ spi   ❸ peach
              船   X   水蜜桃

答案：1. ③ 2. ①

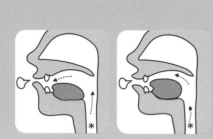

[e]的發音

3

ABCD的A啦！

 怎麼發音呢

將舌頭往前延伸，位置在[i]與[a]之間，不高也不低，嘴唇往兩邊拉，發出一個長長的[e]。在英語中[e]的發音，舌頭會從原來的位置，緩緩的往上滑向[ɪ]的位置，所以是以[ɪ]作為結尾，這樣才是漂亮的[e]喔！

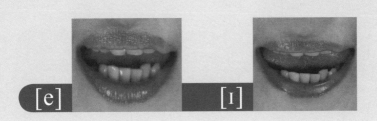

[e]　　　　[ɪ]

 邊聽邊練習單字跟句子的發音喔

大聲唸出單字喔

❶ cake	[kek]	蛋糕	❹ nail	[nel]	指甲
❷ late	[let]	遲到	❺ stay	[ste]	停留
❸ mail	[mel]	郵件	❻ great	[gret]	很棒

大聲唸出句子喔

❶ Hey, wait!
　　　　喂，等等。

❷ They make cake.
　　　　他們做蛋糕。

❸ The rain in Spain remains the same.
　　　　西班牙的雨還是老樣子。

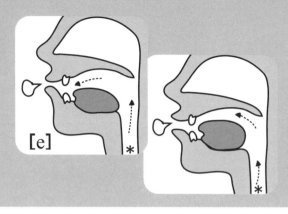

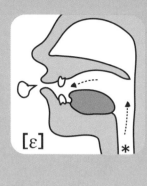

CD
1
track
3

[e]　　[ɛ]

比較 [e] 跟 [ɛ] 的發音

這一組母音也是長短音的關係，把[e]發得短一點就是[ɛ]啦。請試試看發出一個短音[ɛ]，再把發音的時間拉長，把嘴形縮小一點，是不是就變成了長音的[e]了呢！

[e]		
❶ late	[let]	遲了
❷ gate	[get]	門
❸ pain	[pen]	疼痛
❹ wait	[wet]	等待

[ɛ]		
let	[lɛt]	讓
get	[gɛt]	得到
pen	[pɛn]	原子筆
wet	[wɛt]	濕

玩玩嘴上體操

Rain, rain, go away,
Come again another day;
Little Johnny wants to play.

大雨大雨不要下，
可不可以改天下，
小強尼想出去玩呀。

14

a 唸成 [e]

❶ pale 蒼白的
[pel]
❷ baby 嬰兒
['bebɪ]
❸ lady 女士
['ledɪ]

基礎 1

[e]

基礎 2

ai、ay 唸成 [e]

❶ afraid 害怕的
[ə'fred]
❷ mail 郵件
[mel]
❸ tray 托盤
[tre]
❹ day 日子
[de]

基礎 3

ei、ey 唸成 [e]

❶ beige [beʒ] 米黃色
❷ Taipei ['taɪpe] 台北
❸ obey [ə'be] 遵循
❹ they [ðe] 他們

 練習一下

請選出正確音標

1. ( ) cake   ❶ [kik]   ❷ [kek]   ❸ [pek]
蛋糕

2. ( ) wait   ❶ [wet]   ❷ [we]   ❸ [he]
等待

答案：1. ❷ 2. ❶

CD
1
track
4

4

[ε]的發音

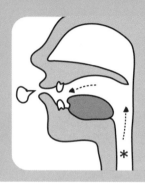

哇！這床很棒「也」！

 怎麼發音呢

[ε]的發音部位很接近[e]。首先舌頭往前延伸，位置比[e]低一點，卻又比[æ]高一些。嘴唇自然微張，比[ɪ]大一點。接著振動聲帶，輕鬆發出比[e]短一點的音，聽起來很像中文的「也」。

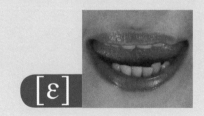

[ɛ]

 邊聽邊練習單字跟句子的發音喔

大聲唸出單字喔

❶ head   [hɛd]   頭   ❹ sell   [sɛl]   賣

❷ men   [mɛn]   男人   ❺ egg   [ɛg]   雞蛋

❸ best   [bɛst]   最好的   ❻ enter   ['ɛntɚ]   進入

大聲唸出句子喔

❶ Let's get some rest.
我們休息一下吧。

❷ The red desk has four legs.
紅書桌有四支腳。

❸ The vet said the pet is in bed.
獸醫說那隻寵物已經睡了。

17

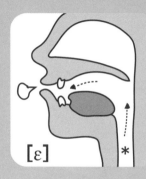 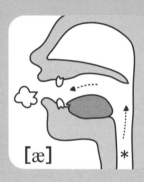

[ε]   *   [æ]   *

 比較[ε]跟[æ]的發音

請試試看先發一個[ε]，再慢慢地把嘴巴張大拉長，同時舌頭也要用力壓低，這樣就可以發出[æ]了喔！

[ε]		
❶ pet	[pɛt]	寵物
❷ leg	[lɛg]	腿
❸ pest	[pɛst]	害蟲
❹ said	[sɛd]	說

[æ]		
pat	[pæt]	輕拍
lag	[læg]	落後
past	[pæst]	過去
sad	[sæd]	悲傷

 玩玩嘴上體操

**Fred fed Ted bread, and
Ted fed Fred bread.**

弗德餵泰德麵包，泰德餵
弗德麵包。

e 唸成 [ε]

❶ hotel　　　旅館
　[hoˈtɛl]
❷ pen　　　　筆
　[pɛn]
❸ dress　　　洋裝
　[drɛs]

基礎1　[ε]　基礎2

基礎3

ea 唸成 [ε]

❶ heavy　　　沈重的
　[ˈhɛvɪ]
❷ weather　　天氣
　[ˈwɛðɚ]
❸ steady　　　穩定的
　[ˈstɛdɪ]

a、ai、ay、ie、u 唸成 [ε]

❶ many	[ˈmɛnɪ]	很多
❷ stairs	[stɛrs]	階梯
❸ prayer	[prɛr]	祈禱
❹ friend	[frɛnd]	朋友
❺ bury	[ˈbɛrɪ]	埋葬

 練習一下

請選出缺少的音標

1. (　) head　[h_d]　　❶ [ε]　　❷ [b]　　❸ [e]
　　　頭

2. (　) pet　[p_t]　　❶ [æ]　　❷ [ε]　　❸ [g]
　　　寵物

答案：1. ① 2. ②

19

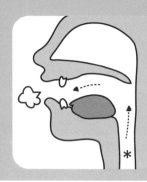

5

[æ]的發音

嘴巴上下、左右大大張開喔「ㄟ」！

ㄟ～

 怎麼發音呢

長得很像蝴蝶的[æ]，發音很容易跟[ɛ]搞混喔！先發出[ɛ]的音，再調整嘴形，上下開口大一點。舌頭從[ɛ]的位置往下移。接著舌頭稍微用力，才能發出與[ɛ]不同的蝴蝶音喔！

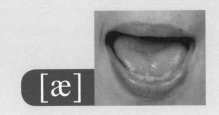

[æ]

 邊聽邊練習單字跟句子的發音喔

大聲唸出單字喔

❶ cat   [kæt]   貓
❷ ax   [æks]   斧頭
❸ ant   [ænt]   螞蟻

❹ rat   [ræt]   老鼠
❺ bat   [bæt]   球棒
❻ sand   [sænd]   沙子

大聲唸出句子喔

❶ Cats catch rats.
貓捉老鼠。

❷ My dad is mad.
爸爸在生氣。

❸ Jack asks Mathew to fax him.
傑克要馬修傳真給他。

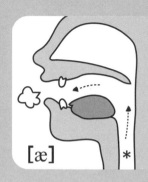
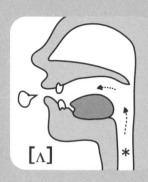

[æ]　　　　　*　　　　　[ʌ]　　　　　*

 ## 比較 [æ] 跟 [ʌ] 的發音

[æ]是個力量很強大的母音,發音時需要嘴角和舌頭都用力,相對的
[ʌ]不需要太用力。請試著比較下面四組發音,感受一下在發這兩個母
音時所需要力量的不同。

[æ]		
❶ bat	[bæt]	球棒
❷ cap	[kæp]	棒球帽
❸ fan	[fæn]	歌迷
❹ apple	[ˈæpl̩]	蘋果

[ʌ]		
but	[bʌt]	但是
cup	[kʌp]	杯子
fun	[fʌn]	有趣
couple	[ˈkʌpl̩]	一雙

 ## 玩玩嘴上體操

**Fat frogs fly past fast and the last
exactly lapses into a gap at last.**

胖青蛙一隻隻飛過去,結果最後
一隻正巧掉進縫裡。

10倍速音標記憶網—哪些字母或字母組合唸成 [æ]

a 唸成 [æ]

❶ back　　背後
　[bæk]
❷ arrow　　箭號
　[ˈæro]
❸ flag　　旗子
　[flæg]

例外的a(字尾是a+子音+e時) 唸成[e]而不是[æ]

[æ]→[e]

❶ mat→mate
　[mæt]→[met]
　墊子→伙伴
❷ plan→plane
　[plæn]→[plen]
　計畫→飛機
❸ rat→rate
　[ræt]→[ret]
　老鼠→比率

 練習一下

請選出正確答案

1. (　) cap　　❶ [kɛp]　❷ [kʌp]　❸ [kæp]
　　　　帽子

2. (　) bat　　❶ [bæt]　❷ [bʌt]　❸ [bɛt]
　　　　球棒

答案：1. ③　2. ①

23

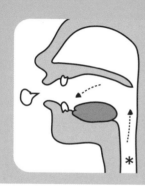

6

[ɑ]的發音

坐在牙醫的椅子上，嘴巴張大大的「阿」。

Ｙ～

怎麼發音呢

[ɑ]就像是看牙醫時，醫生叫你把嘴巴張開，「阿～」。舌頭的位置最低，但不只是平放，後半部要微微上升。嘴巴大大張開，比[æ]還要大。舌頭不用像[æ]一樣用力，輕鬆發出[ɑ]的音就可以了。

[ɑ]

 邊聽邊練習單字跟句子的發音喔

大聲唸出單字喔

❶ top　　[tɑp]　頂端
❷ shop　 [ʃɑp]　商店
❸ hot　　[hɑt]　熱

❹ socks　[sɑks]　襪子
❺ knock　[nɑk]　敲
❻ box　　[bɑks]　箱子

大聲唸出句子喔

❶ The pot is hot.
　　那個水壺很燙。

❷ The frog is calm in the pond.
　　青蛙安安靜靜待在池塘裡。

❸ Her column is on the top of this page.
　　她的專欄在這版的最上面。

25

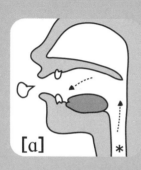
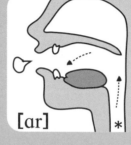
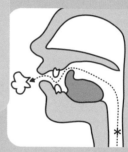

[ɑ]　　　　　　*　　　　　[ɑr]　　　　　　*

 比較 [ɑ] 跟 [ɑr] 的發音

[ɑr]就是在[ɑ]後面多加上一個捲舌音，請比較下面各組發音，感受一下多了[r]和少了[r]的發音有什麼不同。

[ɑ]		
❶ father	[ˈfɑðɚ]	父親
❷ lodge	[lɑdʒ]	房子
❸ pot	[pɑt]	壺
❹ stop	[stɑp]	停止

[ɑr]		
farther	[ˈfɑrðɚ]	更遠
large	[lɑrdʒ]	廣闊
part	[pɑrt]	一部份
start	[stɑrt]	開始

 玩玩嘴上體操

If one doctor doctors another doctor, does the doctor who doctors the doctor doctor the doctor the way the doctor he is doctoring doctors?

如果有個醫生醫治另一個醫生，那麼醫治這個醫生的醫生，會不會以醫治這個醫生的醫法，來醫治其他醫生？

o 唸成 [ɑ]

❶ job　　　工作
　[dʒɑb]
❷ fox　　　狐狸
　[fɑks]
❸ model　　模型
　['mɑdl̩]

基礎1

[ɑ]

基礎2

延伸

例外的o(字尾是o+子音+e時)要唸[o]而不是[ɑ]

[ɑ]→[o]

❶ mop→mope
　[mɑp]→[mop]
　拖把→鬱悶的
❷ not→note
　[nɑt]→[not]
　不→筆記

a 唸成 [ɑ]（前面通常接qu, w）

❶ quality	['kwɑlətɪ]	品質
❷ squat	[skwat]	蹲著
❸ wallet	['wɑlɪt]	皮夾

 練習一下

請選出正確單字

1.( ) [hɑt]　　　❶ hot　　❷ hat　　❸ hate
　　　　　　　　　 熱　　　 帽子　　 恨

2.( ) [bɑks]　　 ❶ bat　　❷ ball　❸ box
　　　　　　　　　 球棒　　 球　　　 盒子

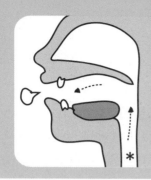

7

[ɔ]的發音

嘴巴裡面好像有一個黑洞窟！

 怎麼發音呢

看看[ɔ]的長相是不是很像開了口的[o]啊？沒錯，[ɔ]的嘴形就像打開的[o]，比[o]大一點，舌頭的後半部雖然上升，但是位置比[o]還要低。[ɔ]跟[o]的嘴形跟舌頭位置是不一樣的喔！

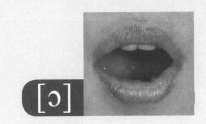

[ɔ]

邊聽邊練習單字跟句子的發音喔

大聲唸出單字喔

❶ fault	[fɔlt]	錯		❹ call	[kɔl]	叫
❷ naughty	[ˈnɔtɪ]	調皮		❺ bald	[bɔld]	禿頭
❸ law	[lɔ]	法律		❻ cost	[kɔst]	花費

大聲唸出句子喔

❶ Let's play seesaw.
我們來玩翹翹板吧！

❷ Paul is wrong.
保羅錯了。

❸ The tall girl saw some fog.
高個子的女孩看到一些霧。

29

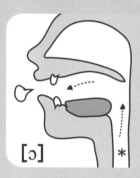
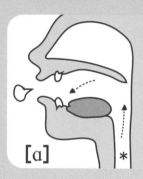

[ɔ] *   [ɑ] *

 比較[ɔ]跟[ɑ]的發音

[ɔ]的嘴形比[ɑ]還小，舌頭比較放鬆，送氣時有點向內縮，在尾端忽然停住的感覺，不像[ɑ]那樣將氣完全的送出口。

[ɔ]		
❶ hall	[hɔl]	大廳
❷ cause	[ˈkɔz]	原因
❸ lost	[lɔst]	遺失
❹ dog	[dɔg]	狗

[ɑ]		
hot	[hɑt]	熱
cop	[kɑp]	警察
lot	[lɑt]	籤
dot	[dɑt]	點

 玩玩嘴上體操

Offer a proper cup of coffee in a proper coffee cup.

適當的咖啡杯提供適當的咖啡。

au、aw、o 唸成 [ɔ]

❶ autumn　　秋天
　['ɔtəm]
❷ hawk　　　鷹
　[hɔk]
❸ song　　　歌曲
　[sɔŋ]

基礎1　[ɔ]　基礎2

基礎3

a (通常後面接l)唸成 [ɔ]

❶ ball　　　　球
　[bɔl]
❷ install　　　安裝
　[ɪn'stɔl]
❸ talk　　　　談話
　[tɔk]

ou 唸成 [ɔ]

❶ ought　　　[ɔt]　　　應該
❷ thoughtful　['θɔtfəl]　有思想性的
❸ cough　　　[kɔf]　　　咳嗽

 練習一下

請選出正確單字

1. ( ) [lɔ]　　❶ wolf　　❷ law　　❸ love
　　　　　　　　 狼　　　　法律　　　喜愛

2. ( ) [kɔl]　　❶ copy　　❷ come　　❸ call
　　　　　　　　 複製　　　來　　　　叫喚

答案：1. ❷　2. ❸

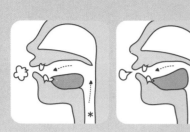

8

[o]的發音

看到貓抓老鼠的一瞬間，發出一聲「喔」！

喔！！

 怎麼發音呢

音標[o]跟字母O的外型很像，發音時嘴唇成O型，開口比吹蠟燭的[u]大一點。舌頭的後半部往後往上升，位置比[u]低一點。在英語中，長音[o]的發音部位通常會緩緩滑向[ʊ]！

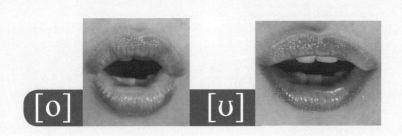

[o]   [ʊ]

 邊聽邊練習單字跟句子的發音喔

大聲唸出單字喔

❶ coat	[kot]	大衣	❹ vote	[vot]	投票
❷ goat	[got]	山羊	❺ sold	[sold]	賣
❸ note	[not]	筆記	❻ slow	[slo]	慢的

大聲唸出句子喔

❶ The notebook is sold.
這台筆記型電腦已經賣出。

❷ The stone rolled to the road.
石頭滾到道路上。

❸ Please turn off the oven.
請關掉瓦斯爐。

33

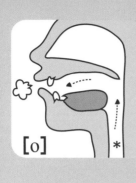
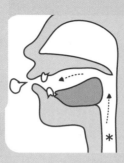
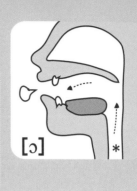

[o]   [ɔ]

比較 [o] 跟 [ɔ] 的發音

[o]的嘴形用力縮成一個小圓形，發音比較長，送氣也比較完全。而[ɔ]的嘴形張得比較大，嘴角也比較放鬆，發音較短促，送氣較不完全，有種突然停止的感覺。

	[o]				[ɔ]	
❶ cold	[kold]	冷		call	[kɔl]	叫
❷ told	[told]	告訴		tall	[tɔl]	高
❸ fold	[fold]	折疊		fall	[fɔl]	秋天
❹ boat	[bot]	船		ball	[bɔl]	球

玩玩嘴上體操

Old oily Ollie oils old oily autos.

又老又油腔滑調的歐力，
給又舊又油的汽車加油。

10倍速音標記憶網—— 哪些字母或字母組合唸成[o]

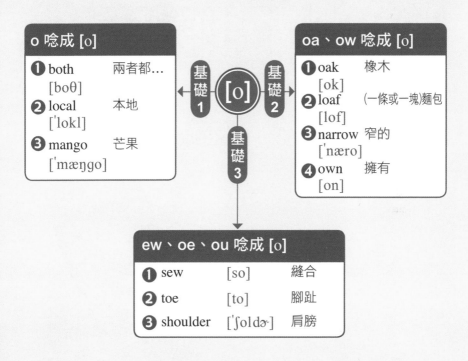

o 唸成 [o]

❶ both   兩者都…
    [boθ]
❷ local   本地
    ['lokl]
❸ mango   芒果
    ['mæŋgo]

基礎1 ← **[o]** → 基礎2

oa、ow 唸成 [o]

❶ oak   橡木
    [ok]
❷ loaf   (一條或一塊)麵包
    [lof]
❸ narrow   窄的
    ['næro]
❹ own   擁有
    [on]

基礎3 ↓

ew、oe、ou 唸成 [o]

❶ sew   [so]   縫合
❷ toe   [to]   腳趾
❸ shoulder   ['ʃoldɚ]   肩膀

練習一下

請選出正確音標

1. ( ) goat   ❶ [gɛt]   ❷[got]   ❸ [gɔt]
   山羊

2. ( ) tall   ❶ [tɔl]   ❷[tol]   ❸ [tɛl]
   高

答案：1. ② 2. ①

35

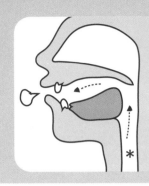

9

[ʊ]的發音

嘴唇圓圓的向前凸出，book的oo。

怎麼發音呢

[ʊ]跟[u]不只長得很像，發音方式也很類似。首先[ʊ]的嘴形比[u]大一點，舌頭後半部上升，嘴唇與舌頭放鬆，振動聲帶，就可以輕鬆發出一個短音的[ʊ]了。

[ʊ]

 邊聽邊練習單字跟句子的發音喔

大聲唸出單字喔

❶ pudding [ˈpʊdɪŋ] 布丁

❷ put [pʊt] 放置

❸ pull [pʊl] 拉

❹ wool [wʊl] 羊毛

❺ look [lʊk] 看

❻ would [wʊd] 將會

大聲唸出句子喔

❶ Little red riding hood put puddings in the woods.
小紅帽把布丁放在樹林裡。

❷ He looked at his foot.
他看著自己的腳。

❸ I could cook some food.
我可以煮些食物。

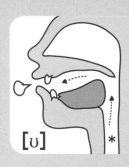 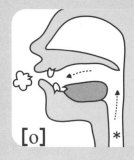 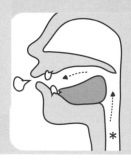

[ʊ] *   [o] *   *

 比較 [ʊ] 跟 [o] 的發音

[ʊ]和[o]比較起來，發音較短促、送氣比較不完全，有種發音到最後時忽然停止送氣的感覺、嘴形比較扁、舌頭的位置比較高。

[ʊ]		
❶ good	[gʊd]	好
❷ could	[kʊd]	可以
❸ book	[bʊk]	書
❹ foot	[fʊt]	腳

[o]		
gold	[gold]	黃金
cold	[kold]	冷
boat	[bot]	船
fold	[fold]	折疊

 玩玩嘴上體操

**How much wood would a
woodchuck chuck
if a woodchuck could chuck
wood?**

如果土撥鼠會撥弄木頭，那土撥鼠
會撥弄多少木頭？

oo 唸成 [ʊ]

❶ wool　　　羊毛
　[wʊl]
❷ bookshelf　書架
　[ˈbʊkˌʃɛlf]
❸ childhood　兒童時期
　[ˈtʃaɪldˌhʊd]

基礎1 ← [ʊ] → 基礎2

u 唸成 [ʊ]

❶ fulfill　　完成
　[fʊlˈfɪl]
❷ bull　　　公牛
　[bʊl]
❸ hook　　　鉤子
　[hʊk]

 練習一下

請選出缺少的音標

1. ( ) good [g_d]　　❶ [ʊ]　❷ [o]　❸ [ɔ]
　　　好

2. ( ) put　[p_t]　　❶ [o]　❷ [ʊ]　❸ [ɔ]
　　　放置

答案：1. ① 　2. ③

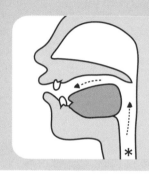

⑩

[u]的發音

吹口哨的嘴形。

 怎麼發音呢

首先將嘴唇嘟成圓形,像吹口哨一樣。接著將舌頭的後半部往後往上
延伸,但是沒有碰到軟顎,留下一條細細的通道。最後振動聲帶,嘴
唇與舌頭稍微用力,就可以發出長長的[u]了。

[u]

 邊聽邊練習單字跟句子的發音喔

大聲唸出單字喔

❶ tooth   [tuθ]   牙齒

❷ cool   [kul]   酷

❸ who   [hu]   誰

❹ zoo   [zu]   動物園

❺ room   [rʊm]   房間

❻ rule   [rul]   規則

大聲唸出句子喔

❶ Who use the tools in my room?
誰用了我房裡的工具?

❷ The fool shoots his shoes into the pool.
那個傻瓜把他的鞋子射進了游泳池裡。

❸ The moon is blue through the brook.
從溪裡看到的月亮是藍色的。

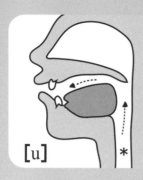

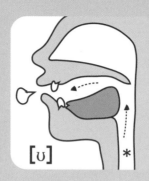

[u]   *

[ʊ]   *

 比較[u]跟[ʊ]的發音

[u]和[ʊ]長的很像，兩者最主要的差異就是音的長短，[ʊ]是短音送氣較短促，嘴形較大，嘴唇與舌頭放鬆，不像[u]那麼圓。而[u]的發音比較長，可以把氣送完全。

[u]		
❶ cool	[kul]	酷
❷ wound	[wund]	傷口
❸ pool	[pul]	游泳池
❹ shoe	[ʃu]	鞋子

[ʊ]		
could	[kʊd]	能夠
wood	[wʊd]	木材
put	[pʊt]	放置
should	[ʃʊd]	應該

玩玩嘴上體操

If a dog chews shoes, whose shoes does he choose?

如果狗會咬鞋子，它會選擇哪一隻鞋子咬？

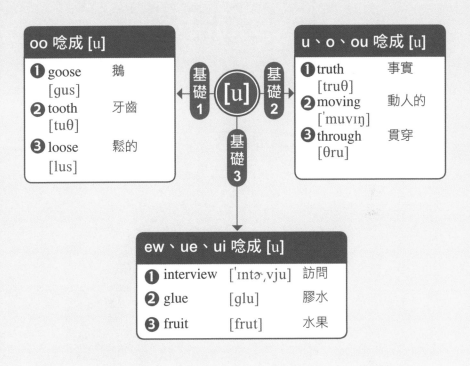

oo 唸成 [u]

❶ goose　　鵝
　 [gus]
❷ tooth　　牙齒
　 [tuθ]
❸ loose　　鬆的
　 [lus]

基礎1 ← [u] → 基礎2

u、o、ou 唸成 [u]

❶ truth　　　事實
　 [truθ]
❷ moving　　動人的
　 ['muvɪŋ]
❸ through　　貫穿
　 [θru]

基礎3

ew、ue、ui 唸成 [u]

❶ interview	['ɪntɚ,vju]	訪問
❷ glue	[glu]	膠水
❸ fruit	[frut]	水果

 練習一下

請選出正確答案

1. (　) cool　　　❶ [kɑl]　　❷ [kul]　　❸ [kʊl]
　　　 冷

2. (　) wood　　　❶ [wɑd]　　❷ [wud]　　❸ [wʊd]
　　　 木頭

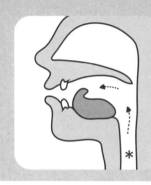

⓫

[ɝ]的發音

嘴巴不用太開，舌頭捲起來，小鳥「兒」的「兒」。

 ﹣怎麼發音呢

看[ɝ]的長相是不是很像阿拉伯數字 3 長了尾巴呢？這個母音就類似中文的ㄓ、ㄔ、ㄕ一樣，是捲舌音，常使用在重音節。先嘴唇微微張開，把舌頭捲起來，再試著發出[ə]，就可以發出[ɝ]這個捲舌音了。

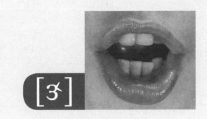

[ɝ]

邊聽邊練習單字跟句子的發音喔

大聲唸出單字喔

❶ turtle   [ˈtɝtl]   烏龜

❷ bird   [bɝd]   鳥

❸ dirt   [dɝt]   灰塵

❹ early   [ˈɝlɪ]   早

❺ nervous   [ˈnɝvəs]   緊張

❻ prefer   [prɪˈfɝ]   較喜歡...

大聲唸出句子喔

❶ This is her thirteenth birthday.
這是她十三歲的生日。

❷ The girl heard a bird singing.
女孩聽到鳥叫。

❸ The dirt made me nervous.
灰塵讓我很緊張。

45

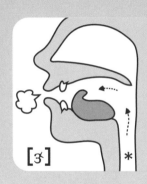

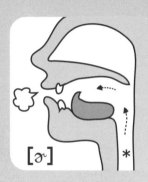

[ɝ]   *   [ɚ]   *

 比較[ɝ]跟[ɚ]的發音

[ɝ]和[ɚ]都是捲舌音，嘴形類似，發音不同的關鍵點在舌頭喔！[ɝ]的舌頭後捲較多，所以聽起來捲舌音比較重。請捲起舌頭試試看捲舌輕重吧！

[ɝ]				[ɚ]		
❶ serve	[sɝv]	服務		center	[ˈsɛntɚ]	中心
❷ stir	[stɝ]	攪拌		polar	[polɚ]	極地的
❸ pearl	[pɝl]	珍珠		comforting	[ˈkʌmfɚtɪŋ]	安慰
❹ world	[wɝld]	世界		eastward	[ˈistwɚd]	向東的

 玩玩嘴上體操

Early bird learned a new word.
I heard the bird blurb the word.
Blur, blur, blur.

早起的鳥兒學了個新字，
我聽到鳥兒唱著個新字，
布勒布勒布勒。

10倍速音標記憶網—— 哪些字母或字母組合唸成[ɝ]

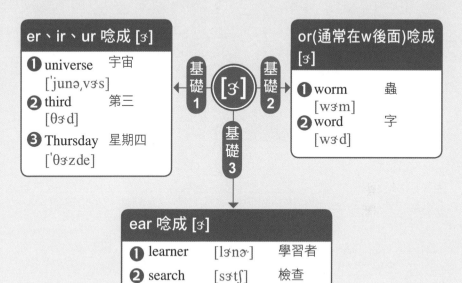

er、ir、ur 唸成 [ɝ]

❶ universe　宇宙
　['junəˌvɝs]
❷ third　　第三
　[θɝd]
❸ Thursday　星期四
　['θɝzde]

基礎1

[ɝ]

基礎2

or(通常在w後面)唸成 [ɝ]

❶ worm　　蟲
　[wɝm]
❷ word　　字
　[wɝd]

基礎3

ear 唸成 [ɝ]

❶ learner　[lɝnɚ]　學習者
❷ search　　[sɝtʃ]　檢查
❸ earnest　['ɝnɪst]　認真的

 練習一下

請選出正確答案

1. ( ) [bɝd]　　❶ bid　　❷ brd　　❸ bird
　　　　　　　　　命令　　　X　　　　鳥

2. ( ) ['ɝlɪ]　　❶ early　　❷ rly　　❸ orly
　　　　　　　　　早　　　　X　　　　X

答案：1. ③ 2. ①

47

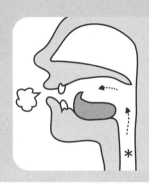

⑫

[ɚ]的發音

老婆害喜了，「噁噁噁」！

噁！

 怎麼發音呢

[ɚ]是個捲舌音，要發出[ɚ]這個音，首先要把舌頭向後捲，舌尖頂到
接近軟顎的地方，舌頭的位置壓低，下巴壓低，就可以發出一個完美
的[ɚ]了。

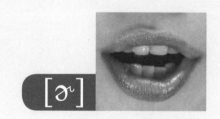

[ɚ]

 邊聽邊練習單字跟句子的發音喔

大聲唸出單字喔

❶ layer	[ˈleɚ]	層	
❷ modern	[ˈmɑdɚn]	現代的	
❸ outer	[ˈautɚ]	外部的	

❹ over	[ˈovɚ]	超過
❺ sister	[ˈsɪstɚ]	妹妹
❻ finger	[ˈfɪŋgɚ]	手指

大聲唸出句子喔

❶ The popular scholar sponsored the venture.
那位受歡迎的學者，贊助這次的冒險行動。

❷ The wizards gathered altogether.
巫師們通通聚在一起。

❸ The author is eager to go across the border.
那位作家很想要出國。

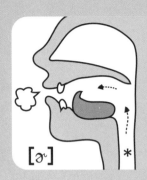

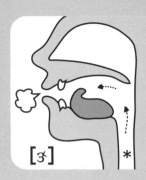

 比較[ɚ]跟[ɝ]的發音

[ɚ]和[ɝ]都是捲舌音，嘴形類似，發音不同的關鍵點在舌頭喔！[ɚ]的舌頭後捲較少，所以聽起來捲舌音沒那麼重。請捲起舌頭試試看捲舌輕重吧！

[ɚ]		
❶ inner	[ˈɪnɚ]	內部
❷ effort	[ˈɛfɚt]	努力
❸ eastern	[ˈistən]	東方
❹ survey	[sɚˈve]	調查

[ɝ]		
her	[hɝ]	她
hurt	[hɝt]	傷
learn	[lɝn]	學習
nervous	[ˈnɝvəs]	緊張

玩玩嘴上體操

The vigor shepherd wandered in the wilderness.

那位精神飽滿的牧羊人在
荒野中漫步。

er 唸成 [ɚ]

❶ bother　　打擾
　[ˈbɑðɚ]
❷ summer　夏天
　[ˈsʌmɚ]
❸ after　　在...之後
　[ˈæftɚ]

基礎1 ← [ɚ] → 基礎2

or 唸成 [ɚ]

❶ color　　　顏色
　[ˈkʌlɚ]
❷ comfortable　舒服的
　[ˈkʌmfɚtəbḷ]
❸ doctor　　醫生
　[ˈdɑktɚ]

基礎3

ar、ur 唸成 [ɚ]

❶ beggar	[ˈbɛgɚ]	乞丐
❷ backward	[ˈbækwɚd]	向後
❸ culture	[ˈkʌltʃɚ]	文化
❹ Saturday	[ˈsætɚde]	星期六

 練習一下

請選出畫底線的音標

1. ( ) fing<u>er</u>　　❶ [ɝ]　❷ [ɚ]　❸ [ə]
　 手指

2. ( ) ov<u>er</u>　　　❶ [ɝ]　❷ [ɚ]　❸ [ə]
　 超過

答案：1. ② 　2. ②

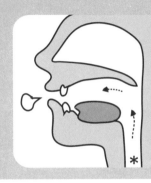

13

[ə]的發音

「呃」！今天吃太飽了。

呃…

 怎麼發音呢

[ə]的發音位置是所有母音最為放鬆的。因為它的嘴形微開，不大也不小。舌頭的位置在口腔中央，不高也不低，不前也不後。只要振動聲帶，就可以輕鬆發出[ə]的音囉！這也難怪[ə]通常出現在非重音的音節呢！

52

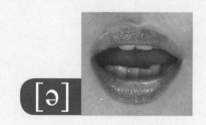

[ə]

 邊聽邊練習單字跟句子的發音喔

大聲唸出單字喔

❶ police   [pəˈlis]   **警察**

❷ ago   [əˈgo]   **之前**

❸ heaven   [ˈhɛvən]   **天堂**

❹ us   [əs]   **我們**

❺ offend   [əˈfɛnd]   **冒犯**

❻ holiday   [ˈhɑlə͵de]   **假日**

大聲唸出句子喔

❶ The department store is about to open.
百貨公司就快要開門了。

❷ Both of us looked at the composition above.
我們兩個都很仔細地閱讀上面那篇文章。

❸ Seven plus eleven is eighteen.
七加十一等於十八。

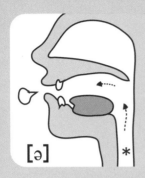
[ə]

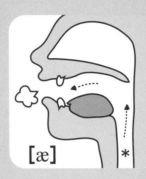
[æ]

 比較[ə]跟[æ]的發音

[ə]和[æ]像是鬆弛和緊繃的皮球，發音力道完全相反。[ə]的發音位置最放鬆，像不經意打了個嗝，而[æ]最用力，像刻意學鴨子叫一樣，用力得拉開嘴壓低舌頭。

[ə]		
❶ across	[əˈkrɔs]	穿越
❷ polite	[pəˈlaɪt]	禮貌
❸ apologize	[əˈpɑləˌdʒaɪz]	道歉

[æ]		
actor	[ˈæktɚ]	演員
palace	[ˈpælɪs]	皇宮
apple	[ˈæpl]	蘋果

 玩玩嘴上體操

Sicken chicken in the kitchen has taken the medicine.

廚房裡那隻得病的雞已經
吃了藥了。

10倍速音標記憶網——哪些字母或字母組合唸成[ə]

a、e、i 唸成 [ə]

❶ around 在周圍
[əˈraʊnd]

❷ necessity 必要
[nəˈsɛsətɪ]

❸ mistake 錯誤
[məˈstek]

基礎 1 → [ə] ← 基礎 2

基礎 3

o、u 唸成 [ə]

❶ lemonade 檸檬水
[ˌlɛmənˈed]

❷ holiday 假日
[ˈhɑləˌde]

❸ fortune 運氣
[ˈfɔrtʃən]

❹ hopeful 有希望的
[ˈhopfəl]

ou 唸成 [ə]

❶ jealous [ˈdʒɛləs] 妒忌的

❷ obvious [ˈɑbvɪəs] 明顯的

❸ famous [ˈfeməs] 有名的

 練習一下

請選出正確單字

1. ( ) [əs]　　❶ os　　❷ as　　❸ us
　　　　　　　　　 X　　　就如同　　我們

2. ( ) [əˈgo]　❶ ego　　❷ ago　　❸ ogo
　　　　　　　　 自我　　　以前　　　 X

答案：1.③　2.②

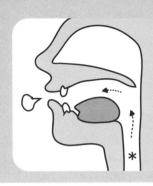

14

[ʌ]的發音

「啊！」錢包不見了！

啊！

 怎麼發音呢

[ʌ]與[ə]的發音位置相當接近，舌頭同樣放在口腔中央，跟[ɔ]差不多低。跟[ə]不同的地方是，[ʌ]比較常出現在重音音節。

[ʌ]

 邊聽邊練習單字跟句子的發音喔

大聲唸出單字喔

❶ cut   [kʌt]   剪

❷ duck   [dʌk]   鴨子

❸ lucky   [ˈlʌkɪ]   幸運的

❹ fun   [fʌn]   有趣的

❺ button   [ˈbʌtn]   按鈕

❻ under   [ˈʌndɚ]   在…之下

大聲唸出句子喔

❶ The runner won with luck.
賽跑選手幸運地贏了比賽。

❷ The hungry hunter ate the duck.
飢腸轆轆的獵人吃了鴨子。

❸ A bug sunk in the cup.
有隻蟲沉進杯中。

57

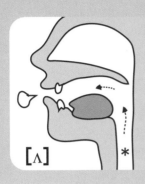
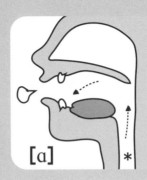

 比較[ʌ]跟[ɑ]的發音

[ʌ]比較含蓄,嘴形較小,發音位置較輕鬆不刻意,送氣方式也比較短促。[ɑ]十分的外放,把嘴巴張到最大,舌頭位置是所有母音最低,再完全送氣發出聲音。

	[ʌ]			[ɑ]	
❶ but	[bʌt]	但是	bomb	[bɑm]	炸彈
❷ hug	[hʌg]	擁抱	hop	[hɑp]	跳躍
❸ nut	[nʌt]	堅果	not	[nɑt]	不是
❹ mother	[ˈmʌðɚ]	母親	father	[ˈfɑðɚ]	父親

 玩玩嘴上體操

Big bog bugs love thick long logs.

大沼澤蟲喜歡又粗又長的木頭。

58

u 唸成 [ʌ]			o、ou 唸成 [ʌ]

u 唸成 [ʌ]

❶ pub   小酒店
[pʌb]
❷ lung   肺
[lʌŋ]
❸ such   如此的
[sʌtʃ]

基礎 1 [ʌ] 基礎 2

o、ou 唸成 [ʌ]

❶ sometimes 有時
['sʌmtaɪmz]
❷ color   顏色
['kʌlɚ]
❸ rough   粗略的
[rʌf]
❹ young   年輕的
[jʌŋ]

 練習一下

請選出缺少的音標

1. ( ) duck [d_k]   ❶ [ɑ]   ❷ [ʌ]   ❸ [ə]
    鴨子

2. ( ) not   [n_t]   ❶ [ɑ]   ❷ [ʌ]   ❸ [ə]
    不是

答案：1. ②   2. ①

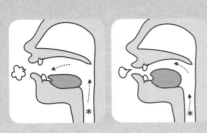

⑮

[aɪ]的發音

我「愛」妳的「愛」啦！

怎麼發音呢

看看[aɪ]的形狀，是不是很像[ɑ]和[ɪ]的合體呢？沒錯，發音時也是這兩個母音的合體喔！首先先發[ɑ]的音，接著慢慢帶出緊接在後的[ɪ]，一個都不能漏。聽起來像中文的「愛」就成功了！

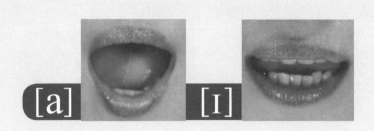

[a]   [ɪ]

 邊聽邊練習單字跟句子的發音喔

大聲唸出單字喔

❶ ice   [aɪs]   冰
❷ sky   [skaɪ]   天空
❸ right   [raɪt]   右邊
❹ decide   [dɪˈsaɪd]   決定
❺ night   [naɪt]   晚上
❻ behind   [bɪˈhaɪnd]   後面

大聲唸出句子喔

❶ The light is right behind you.
　　　　　　　燈就在你後面。
❷ Butterflies fly in the sky.
　　　　　　　蝴蝶在天上飛。
❸ The child cried all night.
　　　　　　　那個孩子整晚哭鬧。

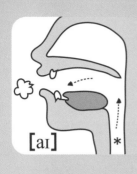 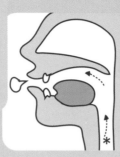 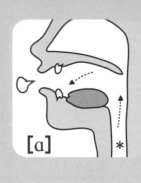

[aɪ] * [ɑ] *

 比較[aɪ]跟[ɑ]的發音

[aɪ]和[ɑ]裡面都有[ɑ]，但是雙母音[aɪ]中的[ɑ]因為被[ɪ]給同化了，發音的位置比原本的[ɑ]低，所以在發[aɪ]時要把舌頭壓得比較低，讓嘴形也變得比較扁喔。

[aɪ]		
❶ night	[naɪt]	晚上
❷ fire	[faɪr]	火
❸ guide	[gaɪd]	導引
❹ ice	[aɪs]	冰

[ɑ]		
not	[nɑt]	不是
far	[fɑr]	遠的
God	[gɑd]	神
ox	[ɑks]	牛

 玩玩嘴上體操

I like the nice idea Mike provided.

我喜歡麥克提出的那個不錯的點子。

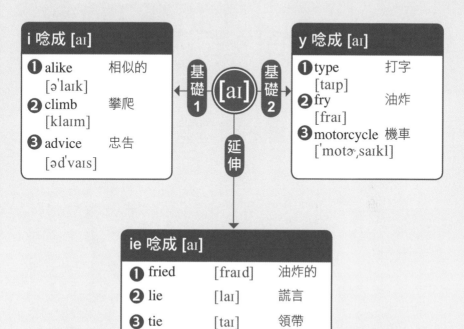

i 唸成 [aɪ]

❶ alike　　相似的
　　[əˈlaɪk]
❷ climb　　攀爬
　　[klaɪm]
❸ advice　　忠告
　　[ədˈvaɪs]

基礎1　[aɪ]　基礎2

y 唸成 [aɪ]

❶ type　　　打字
　　[taɪp]
❷ fry　　　油炸
　　[fraɪ]
❸ motorcycle　機車
　　[ˈmotɚˌsaɪkl]

延伸

ie 唸成 [aɪ]

❶ fried　　[fraɪd]　　油炸的
❷ lie　　　[laɪ]　　　謊言
❸ tie　　　[taɪ]　　　領帶

 練習一下

請選出正確答案

1.（ ）[skaɪ]　　❶ sky　　❷ skr　　❸ ski
　　　　　　　　　 天空　　　 Ⅹ　　　 滑雪

2.（ ）[naɪt]　　❶ not　　❷ note　　❸ night
　　　　　　　　　 不是　　　 筆記　　　 晚上

答案：1. ① 2. ③

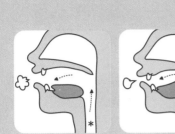

16

[aʊ]的發音

腳去踢到桌腳了,痛死了!「阿嗚」!

阿嗚!

 怎麼發音呢

[aʊ]是由[a]和[ʊ]所組成的雙母音,所以,在發這個音時,要先張大嘴巴,發出[a]的音,再馬上把嘴巴縮小,發出[ʊ]的音,這樣把兩個母音依序發音,就是[aʊ]的正確發音啦!聽起來有點像踢到桌腳發出的哀嚎聲「阿嗚」喔!

[a]　[ʊ]

 邊聽邊練習單字跟句子的發音喔

大聲唸出單字喔

❶ out 　　 [aʊt] 　 外面 　 ❹ owl 　　 [aʊl] 　 貓頭鷹
❷ cloud 　 [klaʊd] 雲 　　 ❺ now 　　 [naʊ] 　 現在
❸ mouth 　[maʊθ] 嘴巴 　 ❻ however [haʊˈɛvɚ] 然而

大聲唸出句子喔

❶ I found owls outside the house.
　　　　　　我發現屋子外面有貓頭鷹。

❷ Don't shout at our cow.
　　　　　　不要對我們的牛大叫。

❸ I doubt the tower is in the town.
　　　　　　我懷疑那座塔在城裡。

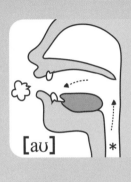 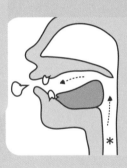 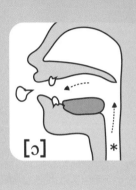

 ## 比較[aʊ]跟[ɔ]的發音

[aʊ]和[ɔ]看起來好像完全不同，但當[a]後面加上[ʊ]後，發音變得跟
[ɔ]有點類似了，兩者雖然發音相似，但[aʊ]在尾音時嘴巴要向內縮，
不像[ɔ]是一直都是微微張開的喔。

	[aʊ]			[ɔ]	
❶ cow	[kaʊ]	牛	cause	[ˈkɔz]	原因
❷ south	[saʊθ]	南方	sauce	[sɔs]	醬料
❸ loud	[laʊd]	大聲	law	[lɔ]	法律
❹ found	[faʊnd]	找到	fault	[fɔlt]	錯

 ## 玩玩嘴上體操

How about going out now?
不如現在出去如何？

66

ou 唸成 [aʊ]		ow 唸成 [aʊ]
❶ without　沒有 [wɪðˈaʊt] ❷ cloud　雲朵 [klaʊd] ❸ about　關於 [əˈbaʊt]	基礎1 ←  → 基礎2	❶ cow　乳牛 [kaʊ] ❷ crowd　群眾 [kraʊd] ❸ downstairs 樓下的 [ˌdaʊnˈstɛrz]

 練習一下

請選出正確答案

1. ( ) cloud 雲　❶ [klʊd]　❷ [klɑd]　❸ [klaʊd]

2. ( ) now 現在　❶ [naʊ]　❷ [nʊ]　❸ [nɑ]

答案：1. ③　2. ①

67

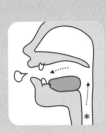 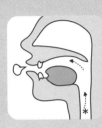

17

[ɔɪ]的發音

嘴巴像含著一個蛋,發出救護車的
聲音「喔乙～喔乙～」。

喔乙~喔乙~

 怎麼發音呢

[ɔɪ]這個音是由[ɔ]和[ɪ]組成的雙母音,發音時嘴巴要先嘟成圓形,發
出[ɔ]的音,再把嘴巴慢慢拉開,嘴形變成又細又長,發出[ɪ]這個音。
兩個音連在一起有點像救護車出動時,發出「喔乙～喔乙～」的聲音
喔!

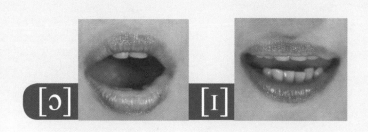

[ɔ]　　　　[ɪ]

 邊聽邊練習單字跟句子的發音喔

大聲唸出單字喔

❶ boy　　[bɔɪ]　　男孩
❷ oil　　[ɔɪl]　　油
❸ toy　　[tɔɪ]　　玩具
❹ coin　　[kɔɪn]　　硬幣
❺ noisy　　[ˈnɔɪzɪ]　　吵鬧
❻ avoid　　[əˈvɔɪd]　　避免

大聲唸出句子喔

❶ The boy's voice is noisy.
　　　男孩的聲音很吵。

❷ The poet wrote a poem.
　　　詩人寫了首詩。

❸ The soy beans are poisoned.
　　　黃豆被下毒了。

CD
1
track
17

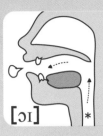

[ɔɪ] *

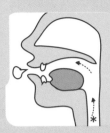

*

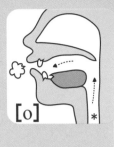

[o] *

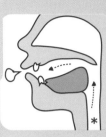

*

 ## 比較[ɔɪ]跟[o]的發音

[ɔɪ]是由兩個短母音所組成的雙母音，兩個母音拼在一起，所以聽起來更是短促，我們看看[ɔɪ]和長母音[o]比起來，發音有多短促！

[ɔɪ]		
❶ oil	[ɔɪl]	油
❷ soil	[sɔɪl]	土
❸ joy	[dʒɔɪ]	喜悅
❹ toy	[tɔɪ]	玩具

[o]		
old	[old]	老
sold	[sold]	賣出
Joe	[dʒo]	喬
told	[told]	說

 ## 玩玩嘴上體操

Joy joined the royal army to show his loyalty.

喬伊參加了皇家軍隊來展示他的忠心。

oi 唸成 [ɔɪ]		oy 唸成 [ɔɪ]
❶ spoil　　損壞 　[spɔɪl] ❷ noisy　　吵鬧的 　['nɔɪzɪ] ❸ avoid　　回避 　[ə'vɔɪd]	基礎 ◀  ▶ 基礎 1　　[ɔɪ]　　2	❶ soy　　　大豆 　[sɔɪ] ❷ employ　雇用 　[ɪm'plɔɪ] ❸ joyful　使人喜悦的 　['dʒɔɪfəl]

 練習一下

請選出正確答案

1. (　) ['nɔɪzɪ]　　❶ nisy　　❷ nosy　　❸ noisy
　　　　　　　　　　　　X　　好管閒事的　　吵鬧的

2. (　) [dʒɔɪ]　　　❶ jaw　　❷ joe　　❸ joy
　　　　　　　　　　　下巴　　X　　喜悦

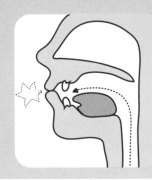

① [p]的發音

緊閉的雙唇，一口氣放開，好像發
出有氣無聲的「ㄆ」音來。

ㄆ...

 怎麼發音呢

要發出[p]的音，首先將上下唇閉緊，讓氣流留在口腔裡一會兒，才將
上下唇放開，這時候不要振動聲帶，讓氣流衝出來，與上下唇產生摩
擦，這樣發出來的音就是[p]囉！跟注音符號「ㄆ」的發音是不是很像
呢？

[p]

 邊聽邊練習單字跟句子的發音喔

大聲唸出單字喔

❶ pen 　　[pɛn] 　筆
❷ pray 　　[pre] 　祈禱
❸ replay 　[reple] 　重複播放
❹ important [ɪmˈpɔrtnt] 重要的
❺ stop 　　[stɑp] 　停止
❻ hope 　　[hop] 　希望

大聲唸出句子喔

❶ Paris is a perfect place.
巴黎是個完美的地方。

❷ The painter stops painting.
那位畫家停止作畫。

❸ My parents complain about my pet.
我的父母對我的寵物有所抱怨。

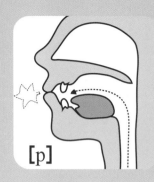 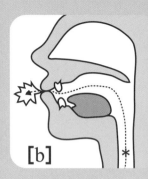

 ## 比較 [p] 跟 [b] 的發音

[p]和[b]都是用氣流擦過雙唇來發音，所以又叫爆裂音，不同點是[p]不用振動聲帶，就像是用氣音說話一樣，是個無聲子音，而[b]需要振動聲帶，是有聲子音。

[p]		
❶ park	[pɑrk]	公園
❷ mop	[mɑp]	拖地
❸ pop	[pɑp]	流行樂
❹ pass	[pæs]	通過

[b]		
bark	[bɑrk]	吠叫
mob	[mɑb]	暴民
Bob	[bɑb]	包柏（人名）
bass	[bes]	低音

 ## 玩玩嘴上體操

Peter Piper picked a pack of pickled peppers.

彼德派普挑了一包醃辣椒.

74

p 唸成 [p]

❶ Pope   教皇
   [pop]
❷ prefect   長官
   ['prɪfɛkt]
❸ recipe   食譜
   ['rɛsəpɪ]

pp 唸成 [p]

❶ shipping   裝運
   ['ʃɪpɪŋ]
❷ zipper   拉鏈
   ['zɪpɚ]
❸ happen   發生
   ['hæpən]

 練習一下

請選出正確的音標

1. ( ) stop   ❶ [sptɑ]   ❷ [stɑp]   ❸ [tspɑ]
     停止

2. ( ) mop   ❶ [mɑp]   ❷ [mpɑ]   ❸[pɑm]
     拖地

答案：1.②   2.①

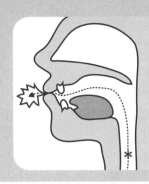

② [b]的發音

緊閉的雙唇，一口氣放開，好像發出
有氣有聲的「ㄅ」音來。

ㄅ！

 怎麼發音呢

[b]的音跟[p]的發音方式很類似，同樣讓氣流留在口腔裡，再放開上下
唇。但是不同的是，在氣流衝出來的同時要記得振動聲帶。一邊發[b]
的音，一邊摸摸脖子上的聲帶，要有細微的振動才是[b]喔！

 邊聽邊練習單字跟句子的發音喔

大聲唸出單字喔

❶ bee	[bi]	蜜蜂	❹ cab	[kæb]	計程車
❷ bank	[bæŋk]	銀行	❺ lobby	[ˈlɑbɪ]	大廳
❸ book	[bʊk]	書	❻ obey	[əˈbe]	遵守

大聲唸出句子喔

❶ Blue brook is beautiful.
藍色的小溪很美。

❷ The cab bumped into the bank.
計程車撞進銀行裡。

❸ My brother ate bread for breakfast.
我的哥哥吃麵包當早餐。

77

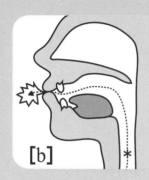

CD
1
track
19

 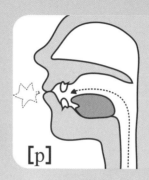

比較[b]跟[p]的發音

[b]和[p]不同點是：[b]是有聲子音需要振動聲帶，就像是用氣音說話一樣，而[p]不用振動聲帶。請摸著喉嚨感受一下聲帶振動的感覺吧。

[b]		
❶ bill	[bɪl]	帳單
❷ bat	[bæt]	蝙蝠
❸ bay	[be]	海灣
❹ cab	[kæb]	計程車

[p]		
pill	[pɪl]	藥丸
pat	[pæt]	輕拍
pay	[pe]	付帳
cap	[kæp]	棒球帽

玩玩嘴上體操

Betty Botter had some butter, "But," she said, "this butter's bitter."

貝蒂巴特有些奶油，
她說「但是這些奶油是苦的」。

78

10倍速音標記憶網── 哪些字母或字母組合唸成[b]

b 唸成 [b]	bb 唸成 [b]
❶ ability　才能 [ə'bɪlətɪ] ❷ below　在...之下 [bə'lo] ❸ before　...之前 [bɪ'for]	❶ bubble　泡泡 ['bʌbl] ❷ cabbage　甘藍菜 ['kæbɪdʒ] ❸ ribbon　緞帶 ['rɪbən]

基礎1 ←→ [b] ←→ 基礎2

 練習一下

請選出正確對應單字

1. (　) [bi]　　❶ bee　　❷ beep　　❸ pea
　　　　　　　　蜜蜂　　　嗶笛聲　　豆子

2. (　) [kæb]　❶ cab　　❷ cat　　❸ cap
　　　　　　　　計程車　　貓　　　帽子

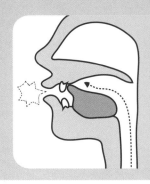

[t]的發音

3

特快車，跑得好快，發出有氣無聲的「特特特」音來！

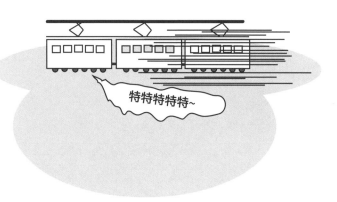

特特特特特~

 怎麼發音呢

首先將舌頭前端抵在上牙齦後面，讓氣流留在口腔裡一會兒，接著放開舌頭，讓氣流從舌頭前端與齒齦後面的空隙衝出來，發這個音不要振動聲帶，類似無聲版的「ㄊ」，就是[t]的發音囉！

[t]

 邊聽邊練習單字跟句子的發音喔

大聲唸出單字喔

❶ cat   [kæt]   貓
❷ let   [lɛt]   讓
❸ count   [kaʊnt]   數

❹ take   [tek]   拿
❺ today   [təˈde]   今天
❻ letter   [ˈlɛtɚ]   信

大聲唸出句子喔

❶ Taxi!
計程車！

❷ Turn left.
左轉。

❸ Let the vet take care of the turtle.
讓獸醫來照顧烏龜。

81

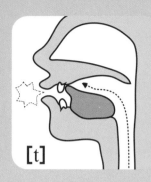

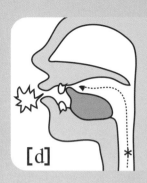

[t]

[d]

 比較[t]跟[d]的發音

[t]和[d]都是舌尖頂在上牙齦的爆裂音，不同點是[t]是無聲子音，不需振動聲帶，像是用氣音說話一樣，而[d]是有聲子音，需要振動聲帶發音。

	[t]				[d]	
❶	tall	[tɔl]	高	doll	[dɔl]	娃娃
❷	tip	[tɪp]	秘訣	dip	[dɪp]	浸泡
❸	tat	[tæt]	小孩	dad	[dæd]	父親
❹	letter	[ˈlɛtɚ]	信	ladder	[ˈlædɚ]	梯子

 玩玩嘴上體操

Kit spit a pit from a tidbit he bit.

基特從他咬過的美味食物中吐出了一個果核。

t 唸成 [t]

❶ tail　　尾巴
　[tel]
❷ citizen　公民
　[ˈsɪtəzn]
❸ classmate　同學
　[ˈklæs͵met]

基礎1 ◄►  ◄► 基礎2

tt 唸成 [t]

❶ cotton　棉花
　[ˈkɑtn]
❷ little　小
　[ˈlɪtl]
❸ pretty　漂亮
　[ˈprɪtɪ]

 練習一下

請選出缺少的音標

1. ( ) today [_əˈde]　　❶ [b]　❷ [t]　❸ [d]
　　今天

2. ( ) pretty [ˈprɪ_ɪ]　❶ [b]　❷ [t]　❸ [d]
　　漂亮

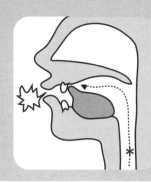

4

[d]的發音

道路工程人員，拿著電鑽挖道路，發出有氣有聲的「的的的」音來！

 怎麼發音呢

[d]的發音位置與[t]相當類似，同樣將舌頭前端抵住上牙齦後面，再將舌頭放開，一次讓氣流通過空隙衝出來。不同的地方是，[d]要振動聲帶，摸摸看自己脖子上的聲帶位置，看看有沒有細微的振動喔！

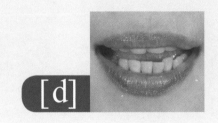

[d]

 邊聽邊練習單字跟句子的發音喔

大聲唸出單字喔

❶ did   [dɪd]   做（do的過去式）

❷ desk   [dɛsk]   書桌

❸ dead   [dɛd]   死亡

❹ mad   [mæd]   生氣

❺ cold   [kold]   寒冷

❻ window ['wɪndo]   窗戶

大聲唸出句子喔

❶ Dad is sad.
爸爸很難過。

❷ Today is windy.
今天風很大。

❸ Dinner is ready.
晚餐做好了。

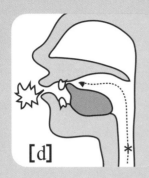

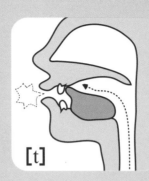

[d]

[t]

 比較[d]跟[t]的發音

[d]和[t]的不同點是：[t]不需振動聲帶，像是用氣音說話一樣，而[d]需要振動聲帶，和平常說話時一樣。請摸著喉嚨比較看看聲帶有無振動的感覺吧！

[d]		
❶ god	[gɑd]	神
❷ dig	[dɪg]	挖掘
❸ mad	[mæd]	生氣
❹ do	[du]	做

[t]		
got	[gɑt]	得到
tip	[tɪp]	秘訣
mat	[mæt]	草蓆
to	[tu]	到

 玩玩嘴上體操

Did David's daughter dream to be a dancer?

大衛的女兒是否夢想過要當個舞者？

d 唸成 [d]

❶ dad   爸爸
    [dæd]
❷ daily   每日的
    ['delɪ]
❸ damage   損害
    ['dæmɪdʒ]

基礎1 ↔ [d] ↔ 基礎2

dd 唸成 [d]

❶ wedding   婚禮
    ['wɛdɪŋ]
❷ additional   多的
    [ə'dɪʃənl]
❸ sudden   突然
    ['sʌdn]

 練習一下

請選出正確答案

1. ( ) desk   ❶ [dɪp]   ❷ [tel]   ❸ [dɛsk]
    書桌

2. ( ) mad   ❶ ['lɛtɚ]   ❷ [mæd]   ❸ [dæd]
    生氣

答案：1.③   2.②

5

[k] 的發音

「渴」啊「渴」啊！誰來給我一點水啊！

怎麼發音呢

先將舌頭後面往上提，抵住軟顎，先擋住氣流一會兒，再將舌頭放開，使氣流通過舌頭後面與軟顎中間的空隙衝出來，這時候不要振動聲帶，很類似中文的「丂」，但是無聲的喔！

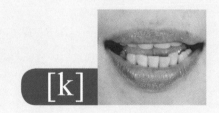

[k]

 邊聽邊練習單字跟句子的發音喔

大聲唸出單字喔

❶ key   [ki]   鑰匙
❷ kid   [kɪd]   孩子
❸ kick   [kɪk]   踢

❹ case   [kes]   案件
❺ cook   [kʊk]   烹飪
❻ desk   [dɛsk]   書桌

大聲唸出句子喔

❶ Just kidding.
　　　　開玩笑的啦。

❷ Kids like jokes.
　　　　小孩愛聽笑話。

❸ Keep working all night.
　　　　徹夜工作吧。

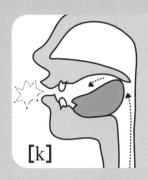
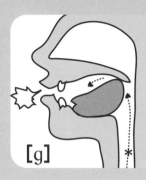

[k]　　　　[g]

 ## 比較[k]跟[g]的發音

[k]和[g]都是舌根頂在軟顎所發出的爆裂音，不同點是[k]是無聲子音，不需振動聲帶，像是用氣音說出注音的ㄎ，而[g]是有聲子音，需振動聲帶，發音類似注音ㄍ。

[k]		
❶ picky	[ˈpɪkɪ]	挑剔
❷ kept	[kɛpt]	保持
❸ kick	[kɪk]	踢
❹ clue	[klu]	線索

[g]		
piggy	[ˈpɪgɪ]	小豬
get	[gɛt]	得到
gig	[gɪg]	輕便馬車
glue	[glu]	膠水

 ## 玩玩嘴上體操

Clean clams crammed in clean cans.

乾淨的蚌被塞在這乾淨的罐頭裡。

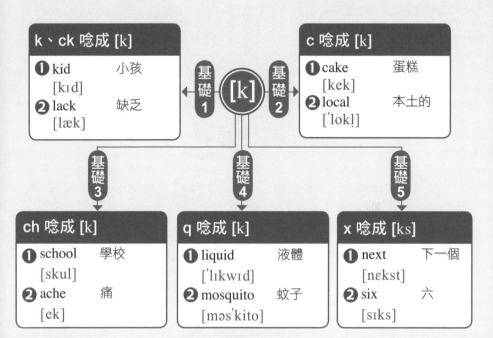

k、ck 唸成 [k]

❶ kid   小孩
   [kɪd]
❷ lack   缺乏
   [læk]

基礎1

[k]

基礎2

c 唸成 [k]

❶ cake   蛋糕
   [kek]
❷ local   本土的
   ['lokl̩]

基礎3   基礎4   基礎5

ch 唸成 [k]

❶ school   學校
   [skul]
❷ ache   痛
   [ek]

q 唸成 [k]

❶ liquid   液體
   ['lɪkwɪd]
❷ mosquito   蚊子
   [məs'kito]

x 唸成 [ks]

❶ next   下一個
   [nɛkst]
❷ six   六
   [sɪks]

 練習一下

請選出正確答案

1. ( ) [klu]   ❶ plue   ❷ glue   ❸ clue
                   ✗   膠水   線索

2. ( ) [kes]   ❶ task   ❷ case   ❸ gaze
                   任務   案件   凝視

答案：1. ③   2. ②

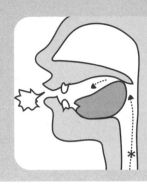

6

[g]的發音

「咯咯咯」小雞快來吃米喔！

咯咯咯！！

 怎麼發音呢

[g]的發音位置跟[k]很相近。首先同樣將舌頭後面抵住軟顎，再將舌頭放下，讓氣流沿著空隙衝出，同時記得振動聲帶，發出的音就是[g]囉！

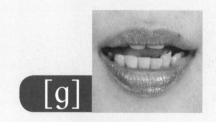

[g]

 邊聽邊練習單字跟句子的發音喔

大聲唸出單字喔

❶ girl　　[gɝl]　　女孩
❷ gaze　　[gez]　　凝望
❸ gift　　[gɪft]　　禮物
❹ leg　　[lɛg]　　腿
❺ hug　　[hʌg]　　擁抱
❻ finger　['fɪŋgɚ]　手指

大聲唸出句子喔

❶ Maggie ate an egg.
　　梅琪吃了一顆蛋。
❷ God gave the girl a gift.
　　上帝給了女孩一個天賦。
❸ The greedy goat got a bug.
　　貪心的山羊只得到一隻蟲。

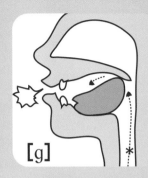

[g]

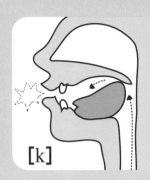

[k]

 ## 比較 [g] 跟 [k] 的發音

[g]和[k]的不同點是：[k]是無聲子音，不需振動聲帶，像是用氣音說出注音的ㄎ，而[g]是有聲子音，需振動聲帶，發音類似注音ㄍ。請比較看看無聲和有聲的不同。

[g]			[k]		
❶ go	[go]	去	call	[kɔl]	打電話
❷ get	[gɛt]	得到	cat	[kæt]	貓
❸ glass	[glæs]	玻璃	class	[klæs]	班級
❹ bag	[bæg]	袋子	back	[bæk]	後面

 ## 玩玩嘴上體操

The great Greek grape growers grow great Greek grapes.

偉大的希臘葡萄農夫，種植出
巨大的希臘葡萄。

g 唸成 [g]

❶ give　　給
　 [gɪv]
❷ glad　　高興的
　 [glæd]
❸ lag　　延遲
　 [læg]

基礎1

[g]

基礎2

gg 唸成 [g]

❶ luggage　皮箱
　 [ˈlʌgɪdʒ]
❷ egg　　雞蛋
　 [ɛg]
❸ struggle　掙扎
　 [ˈstrʌgl]

延伸

x（ex的x）唸成 [g]

❶ example　　 [ɪgˈzæmpl]　　 例子
❷ exist　　　 [ɪgˈzɪst]　　 存在
❸ examination [ɪg,zæməˈneʃən] 考試

 練習一下

請選出正確答案

1. ( ) hug　[hʌ_]　　❶ [g]　❷ [k]　❸ [d]
　　　 擁抱

2. ( ) class [_læs]　❶ [g]　❷ [k]　❸ [d]
　　　 課程

答案：1.① 2.②

[f]的發音

好舒服的泡澡喔!「福～」

福...

怎麼發音呢

要發出[f]的音,首先要先將上排牙齒放在下唇上,接著留下一條細微的空隙,當氣流沿著這條空隙流出來時,會與空隙產生摩擦,此時不要振動聲帶,就能發出[f]了。想想看注音的「ㄈ」牙齒怎麼放就知道囉!

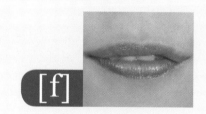

[f]

 邊聽邊練習單字跟句子的發音喔

大聲唸出單字喔

❶ fee　　　[fi]　　費用　　❹ leaf　　　[lif]　　葉子

❷ fix　　　[fɪks]　　修理　　❺ knife　　[naɪf]　　刀子

❸ five　　　[faɪv]　　五　　❻ afraid　　[əˈfred]　　害怕

大聲唸出句子喔

❶ Don't feed the fish.
　　　　　　不要餵魚！

❷ My father found it funny.
　　　　　　爸爸覺得那很有趣。

❸ Let's talk face to face.
　　　　　　我們來面對面地談。

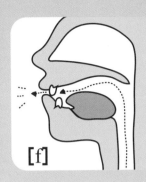
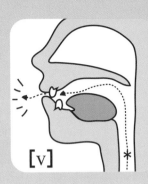

[f]　　　　　[v]

 比較[f]跟[v]的發音

[f]和[v]都是下嘴唇抵住上排牙齒所發出的摩擦音，不同點是[f]是無聲子音，不需振動聲帶，像是用氣音說出國字「福」，而[v]是有聲子音，需振動聲帶。

[f]		
❶ fat	[fæt]	胖
❷ fan	[fæn]	電扇
❸ fine	[faɪn]	很好
❹ leaf	[lif]	葉子

[v]		
vet	[vɛt]	獸醫
van	[væn]	箱型車
vine	[vaɪn]	葡萄藤
leave	[liv]	離開

 玩玩嘴上體操

Friendly Frank flips fine flapjacks.

友善的法蘭克翻了翻不錯的厚煎餅。

f、ff、ph 唸成[f]

❶ fuss　　　煩惱
　[fʌs]
❷ factory　　工廠
　[ˈfæktərɪ]
❸ official　　官方的
　[əˈfɪʃəl]
❹ puff　　　腫脹
　[pʌf]
❺ nephew　　外甥；
　[ˈnɛfju]　　外甥女

gh 唸成[f]

❶ tough　　　硬
　[tʌf]
❷ laugh　　　笑
　[læf]

基礎1　[f]　基礎2

 練習一下

請選出正確答案

1. (　) [lif]　❶ life　❷ leave　❸ leaf
　　　　　　　　生活　　離開　　葉子

2. (　) [fæt]　❶ bat　❷ fat　❸ mat
　　　　　　　　球棒　　胖　　坐墊

答案：1.③　2.②

99

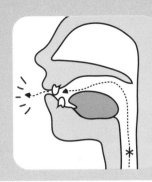

8

[v]的發音

考100分耶「V」！

 怎麼發音呢

[v]跟[f]的發音位置很相近。首先同樣將上排牙齒放在下唇上，接著留下空隙，使氣流通過空隙時與空隙產生摩擦，不同的是要確實振動聲帶，所發出的音就是[v]了。

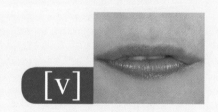

[v]

 邊聽邊練習單字跟句子的發音喔

大聲唸出單字喔

❶ vet   [vɛt]   獸醫
❷ view   [vju]   景色
❸ visit   ['vɪzɪt]   拜訪

❹ vivid   ['vɪvɪd]   生動
❺ violin [ˌvaɪə'lɪn] 小提琴
❻ eleven [ɪ'lɛvən] 十一

大聲唸出句子喔

❶ Very good!
　　　　　很好！

❷ I heard her voice.
　　　　　我聽到了她的聲音。

❸ The vase vanished.
　　　　　花瓶消失了。

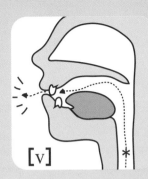

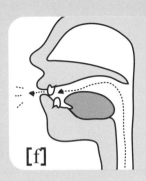

[v]   *   [f]

 比較[v]跟[f]的發音

[v]和[f]不同點是：[v]是有聲子音，需振動聲帶，像是下唇先用上排牙齒擋住後再輕輕彈出所發出的中文「福」。[f]不需振動聲帶，像是用氣音說出國字「福」。

[v]		
❶ give	[gɪv]	給
❷ convince	[kənˈvɪns]	使相信
❸ view	[vju]	景觀
❹ vase	[ves]	花瓶

[f]		
gift	[gɪft]	禮物
confide	[kənˈfaɪd]	信任
few	[fju]	很少
face	[fes]	臉

 玩玩嘴上體操

Vincent vowed vengeance very vehemently.

文森非常激動，發誓一定要報仇。

v 唸成[v]

❶ volleyball 排球
　['valɪˌbɔl]
❷ wave 波浪
　[wev]
❸ advertise 廣告
　['ædvɚˌtaɪz]

f 唸成[v]

❶ of （屬於）...的
　[əv]

 練習一下

請選出正確答案

1. ( ) violin ❶ [faɪəˈlɪn] ❷ [kvaɪəˈlɪn] ❸ [ˌvaɪəˈlɪn]
　　　小提琴

2. ( ) view ❶ [vju] ❷ [fju] ❸ [kju]
　　　景觀

答案：1.③ 2.①

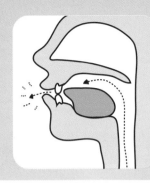

9

[s]的發音

哇！輪胎破了「嘶～」！

 怎麼發音呢

　　[s]與中文的「ㄙ」發音類似，將舌頭前端放在上牙齦後面，但是留下一絲空隙，此時不要振動聲帶，使氣流緩緩流出與空隙產生摩擦。維持這個姿勢吸氣，如果感覺到上排牙齒後面涼涼的才是正確的。

[s]

 邊聽邊練習單字跟句子的發音喔

大聲唸出單字喔

❶ see　　　[si]　　看見
❷ hiss　　　[hɪs]　　嘶嘶聲
❸ sick　　　[sɪk]　　生病

❹ miss　　　[mɪs]　　想念
❺ rice　　　[raɪs]　　米飯
❻ circle　　['sɝkl]　圓圈

大聲唸出句子喔

❶ See you!
　　　　掰掰！
❷ Sit down.
　　　　坐下！
❸ This place is peaceful.
　　　　這地方真安靜。

105

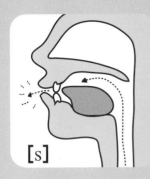

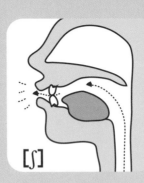

[s]

[ʃ]

 比較 [s] 跟 [ʃ] 的發音

[s] 和 [ʃ] 都是無聲摩擦音，不同點在：[s] 是將舌頭前端放在上排牙齦後面發聲，像用氣音說出國字「嘶」，而 [ʃ] 是將嘴巴微微嘟起，氣流從舌頭與硬顎間的空隙流出。

[s]		
❶ soap	[sop]	肥皂
❷ gas	[gæs]	瓦斯
❸ sigh	[saɪ]	嘆息
❹ so	[so]	所以

[ʃ]		
shop	[ʃɑp]	商店
gosh	[gɑʃ]	天呀
shy	[ʃaɪ]	害羞
show	[ʃo]	表演

 玩玩嘴上體操

Silly Sally swiftly shooed seven silly sheep.

傻傻楞楞的紗麗把七隻傻傻呆呆的傻綿羊噓走。

s 唸成[s]

❶ soda 汽水
['sodə]

❷ salad 沙拉
['sæləd]

基礎1

[s]

基礎2

ss 唸成[s]

❶ across 穿過
[ə'krɔs]

❷ address 住址
[ə'drɛs]

基礎3

c（c後接e,i,y）唸成[s]

❶ center ['sɛntɚ] 中心點

❷ city ['sɪtɪ] 城市

❸ icy ['aɪsɪ] 冰涼的

 練習一下

請選出缺少的音標

1. ( ) miss [mɪ_] 想念　❶ [s]　❷ [z]　❸ [ʃ]

2. ( ) rice [raɪ_] 米飯　❶ [s]　❷ [z]　❸ [ʃ]

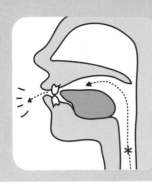

⑩

[z]的發音

蚊子在飛「ZZZ」！

 怎麼發音呢

[z]的發音位置跟[s]十分相像。同樣將舌頭前端放在上牙齦後面，留下一條空隙，使氣流從空隙緩緩流出，同時振動聲帶所發出的音就是[z]囉！

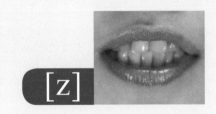

[z]

 邊聽邊練習單字跟句子的發音喔

大聲唸出單字喔

❶ zoo	[zu]	動物園
❷ size	[saɪz]	尺寸
❸ zebra	[ˈzibrə]	斑馬

❹ please	[pliz]	請
❺ cheese	[tʃiz]	起士
❻ nose	[noz]	鼻子

大聲唸出句子喔

❶ Zip your zipper.
拉上拉鍊。

❷ Kids love the zoo.
孩子喜歡動物園。

❸ He is busy as a bee.
他很忙。

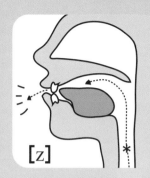
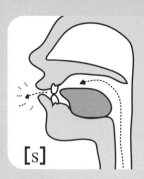

[z]   *   [s]

比較[z]跟[s]的發音

[z]和[s]都是是將舌頭前端放在上牙齦後面發聲,不同點是[z]是有聲子音,需振動聲帶,像是在模仿電流通過的聲音,而[s]是無聲子音,像用氣音說出國字「嘶」。

[z]		
❶ zip	[zɪp]	拉拉鍊
❷ sirs	[sɝz]	男士(複數)
❸ choose	[tʃuz]	選擇(動詞)
❹ lose	[luz]	輸

[s]		
sip	[sɪp]	啜飲
sits	[sɪts]	坐
choice	[tʃɔɪs]	選擇
loose	[lus]	鬆的

玩玩嘴上體操

The zoo's zebra prize is a nice price at that size.

動物園的斑馬獎牌價錢很好,尺寸也好。

z 唸成[z]

❶ frozen　　結凍
　['frozn]
❷ razor　　剃刀
　['rezɚ]
❸ recognize　識別
　['rɛkəg,naɪz]

基礎1　[z]　基礎2

基礎3

zz 唸成[z]

❶ pizza　　披薩
　['pɪzə]
❷ buzz　　蜂音
　[bʌz]
❸ dizzy　　頭暈目眩的
　['dɪzɪ]

s (s在單字中間或字尾)唸成[z]

❶ visit　　　['vɪzɪt]　　訪問
❷ reasonable ['riznəbl]　合理的
❸ his　　　　[hɪz]　　　他的

 練習一下

請選出正確答案

1. ( ) zip　　❶ [fɪp]　❷ [sɪp]　❸ [zɪp]
　　拉拉鍊

2. ( ) please　❶ [pliz]　❷ [plif]　❸ [plis]
　　請

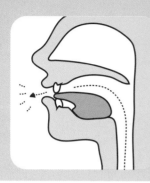

⑪

[θ]的發音

嘴形像吹口香糖泡泡一樣。

 怎麼發音呢

　[θ]的發音位置很特別，中文裡並沒有類似的發音，所以要多加練習喔。首先將舌頭前端放在上下牙齒中間，留下一點空隙，接著使氣流沿著空隙流出產生摩擦，此時不要振動聲帶，就是[θ]的發音囉！

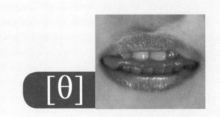

[θ]

邊聽邊練習單字跟句子的發音喔

大聲唸出單字喔

❶ thick   [θɪk]   厚

❷ thing   [θɪŋ]   東西

❸ through   [θru]   通過

❹ fifth   [fɪfθ]   第五

❺ north   [nɔrθ]   北方

❻ path   [pæθ]   道路

大聲唸出句子喔

❶ Thank you!

謝謝你！

❷ I am thirsty.

我口渴了。

❸ The book is thin.

這本書很薄。

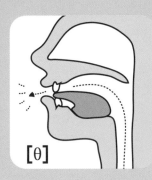
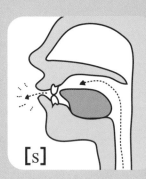

[θ]   [s]

 比較[θ]跟[s]的發音

[θ]和[s]都是無聲子音,發音方法的差異在舌頭,請先發一個[s],接著慢慢將舌頭伸到牙齒中間,送氣不要中斷喔,這時發出的音就是[θ]囉!

[θ]				[s]		
❶ thin	[θɪn]	瘦		sin	[sɪn]	罪
❷ teeth	[tiθ]	牙齒		this	[ðɪs]	這個
❸ thick	[θɪk]	厚		sick	[sɪk]	生病
❹ path	[pæθ]	道路		pass	[pæs]	通過

 玩玩嘴上體操

**I thought a thought.
But the thought I thought wasn't
the thought
I thought I thought.**

我想到一個想法,
但這個想法跟我想到的那個想法
並不一樣。

th 唸成[θ]

❶ thousand 一千
['θaʊzənd]
❷ thigh 大腿
[θaɪ]
❸ path 小徑
[pæθ]

基礎 → [θ]

 練習一下

請選出音標對應的正確字母

1. ( ) [θ] ❶ tp ❷ tz ❸ th

2. ( ) [pæθ] ❶ path ❷ pack ❸ pass
道路 打包 通過

答案：1. ③ 2. ①

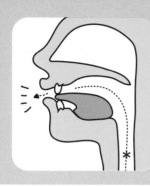

⑫

[ð]的發音

舌頭被上下牙齒咬住「了」啦！

 怎麼發音呢

[ð]的發音位置與[θ]相當類似。舌頭前端放在上下牙齒中間，留下一點空隙，接著使氣流沿著空隙流出產生摩擦，摩擦的同時振動聲帶，就能發出漂亮的[ð]囉！不管是[θ]還是[ð]，通常拼音上都以"th"表示。

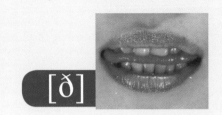

[ð]

 邊聽邊練習單字跟句子的發音喔

大聲唸出單字喔

❶ this   [ðɪs]   這個
❷ clothe   [kloð]   衣服
❸ weather   [ˈwɛðɚ]   天氣

❹ there   [ðɛr]   那裡
❺ other   [ˈʌðɚ]   其餘的
❻ without   [wɪðˈaʊt] 沒有

大聲唸出句子喔

❶ These are their clothes.
　　　　　　這些是他們的衣服。

❷ They went to the theater.
　　　　　　他們去了電影院。

❸ This is it.
　　　　　　我們到了。

117

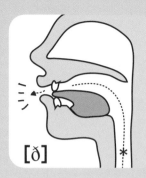

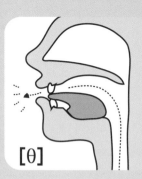

 ## 比較[ð]跟[θ]的發音

[ð]和[θ]都是舌頭放在牙齒中間所發出的摩擦音，不同點在於[ð]是有聲子音，而[θ]是無聲子音。請先發一個[z]，接著慢慢地將舌頭伸到牙齒中間，送氣不要中斷喔，這時發出的音就是[ð]。

[ð]				[θ]		
❶ this	[ðɪs]	這是		thin	[θɪn]	瘦
❷ them	[ðɛm]	他們		think	[θɪŋk]	思考
❸ than	[ðæn]	比較		thank	[θæŋk]	謝謝
❹ though	[ðo]	雖然		thought	[θɔt]	想到

 ## 玩玩嘴上體操

**The Smothers brothers' father's
mother's brothers are
the Smothers brothers' mother's
father's other brothers.**

史瑪德兄弟的爸爸的母親的兄弟是
史瑪德兄弟的媽媽的父親的兄弟。

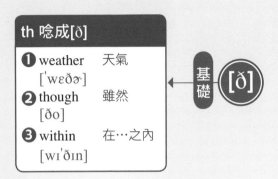

th 唸成[ð]

❶ weather 天氣
['wɛðɚ]
❷ though 雖然
[ðo]
❸ within 在…之內
[wɪ'ðɪn]

基礎 → [ð]

 練習一下

請選出正確答案

1. ( ) there ❶ [fɛr] ❷ [ðɛr] ❸ [tɛr]
   那裡

2. ( ) other ❶ ['ʌðɚ] ❷ ['ʌfɚ] ❸ ['ʌtɚ]
   其他

答案：1.② 2.①

13

[ʃ] 的發音

不要吵啦「噓～」。

 怎麼發音呢

[ʃ]的形狀跟發音都像是要求別人安靜的「噓～」。首先將嘴唇像吹蠟燭一樣微嘟，舌頭前端靠近硬顎，也就是比 [s]跟[z]更往後的位置。接著使氣流沿著舌頭與硬顎間的空隙流出產生摩擦，不要振動聲帶所發出的音就是[ʃ]囉！

[ʃ]

 邊聽邊練習單字跟句子的發音喔

大聲唸出單字喔

❶ she [ʃi] 她
❷ fish [fɪʃ] 魚
❸ shirt [ʃɝt] 襯衫
❹ shop [ʃɑp] 商店
❺ cashier [kæˈʃɪr] 收銀員
❻ sure [ʃʊr] 當然

大聲唸出句子喔

❶ Sheep are shy.
綿羊很害羞。

❷ She likes shopping.
她喜愛購物。

❸ The shoes were washed.
鞋子已經洗乾淨了。

121

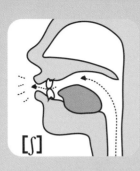
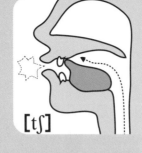
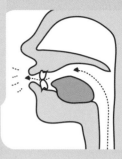

[ʃ]

[tʃ]

 ## 比較[ʃ]跟[tʃ]的發音

[ʃ]和[tʃ]都是氣流沿著舌頭與硬顎間的空隙流出產生的摩擦音，兩者同樣都是無聲子音，只不過[ʃ]類似中文的「噓」，而[tʃ]類似用氣音說中文的「去」。

[ʃ]				[tʃ]		
❶	sheep	[ʃip]	羊	cheap	[tʃip]	便宜
❷	share	[ʃɛr]	分享	chair	['tʃɛr]	椅子
❸	shop	[ʃɑp]	商店	chop	[tʃɑp]	切
❹	wash	[wɑʃ]	清洗	watch	[wɑtʃ]	手錶

 ## 玩玩嘴上體操

She sells seashells by the seashore.
The shells she sells are surely
seashells.

她在海邊賣貝殼，
她賣的殼絕對是貝殼。

sh唸成[ʃ]

❶ shut　　關上
　[ʃʌt]

❷ shiny　　發光的
　[ˈʃaɪnɪ]

❸ dish　　碟子
　[dɪʃ]

基礎1 ← [ʃ] → 基礎2

ci、si、ssi、ti唸成[ʃ]

❶ ancient　　古老的
　[ˈenʃənt]

❷ Asia　　亞洲
　[ˈeʃə]

❸ Russian　　俄國人
　[ˈrʌʃən]

❹ station　　車站
　[ˈsteʃən]

 練習一下

請選出空格的字母

1. (　) __irt [ʃɝt]　　❶ s　　❷ se　　❸ sh
　　　 襯衫

2. (　) fi__ [fɪʃ]　　❶ sh　　❷ fh　　❸ s
　　　 魚

答案：1.③　2.①

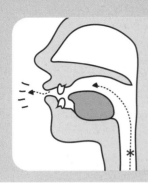

⑭ [ʒ]的發音

「橘」子好好吃喔！

橘

 怎麼發音呢

[ʒ]的發音位置跟[ʃ]很相似。同樣地嘴唇微張往外嘟出，接著將舌頭靠近硬顎的位置，使氣流緩緩流出，與舌頭和硬顎間的空隙產生摩擦，記得要振動聲帶喔！維持同樣姿勢吸氣，硬顎部分涼涼的才是正確的喔！

[3]

邊聽邊練習單字跟句子的發音喔

大聲唸出單字喔

❶ Asian　　[eʒən]　　亞洲人　　❹ garage　　[gəˈrɑʒ]　　車庫

❷ usual　　[ˈjuʒʊəl]　經常的　　❺ television [ˈtɛləˌvɪʒən] 電視

❸ leisure　[ˈliʒɚ]　　空閒　　　❻ casual　　[ˈkæʒʊəl]　　隨性的

大聲唸出句子喔

❶ Our treasure is in the garage.
　　　　　　我們的寶物在車庫裡。

❷ It's hard to measure one's pressure.
　　　　　　人的壓力很難估計。

❸ He usually watches television at leisure.
　　　　　　他空閒時常看電視。

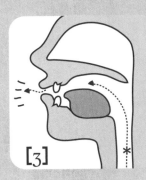

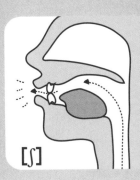

[ʒ]   [ʃ]

 ## 比較[ʒ]跟[ʃ]的發音

[ʒ]和[ʃ]都是舌頭和硬顎間的空隙產生摩擦音，不同點在於[ʒ]是有聲子音，需要振動聲帶，而[ʃ]是無聲子音，不用振動聲帶，請感受看看振動聲帶所造成的差別喔。

[ʒ]		
❶ measure	[ˈmeʒɚ]	估計
❷ casual	[ˈkæʒʊəl]	隨性的
❸ Asia	[ˈeʒə]	亞洲
❹ vision	[ˈvɪʒən]	視力

[ʃ]		
pressure	[ˈprɛʃɚ]	壓力
cash	[kæʃ]	現金
ash	[æʃ]	灰
mission	[ˈmɪʃən]	任務

 ## 玩玩嘴上體操

**The Asian usually watches
television at leisure.**

亞洲人通常在閒暇時間看
電視。

s、si 唸成[ʒ]		g (字源是法文的)唸成[ʒ]
❶ division　分歧 [dəˈvɪʒən] ❷ pleasure　高興 [ˈplɛzʒɚ] ❸ television　電視 [ˈtɛlə,vɪʒən]		❶ garage　車庫 [gəˈrɑʒ] ❷ massage　按摩 [məˈsɑʒ] ❸ gigolo　男伴 [ˈʒɪgə,lo]

 練習一下

請選出正確答案

1. ( ) [ˈliʒɚ]　❶ leisure　❷ lip　❸ life
　　　　　　　　　空閒　　　嘴唇　　生活

2. ( ) [ˈeʒən]　❶ ago　　❷ age　　❸ Asian
　　　　　　　　　以前　　　年紀　　亞洲人

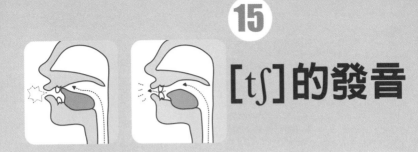

[tʃ]的發音

叫你別跟，回去「去～」！

 怎麼發音呢

[tʃ]的發音位置雖然跟[ʃ]和[ʒ]相同，發音方式卻很特別。首先同樣將
舌頭靠近硬顎的位置，發音時要先將氣流留在口腔裡一會兒，讓氣流
受到一點阻礙之後，再與空隙產生摩擦流出，此時不要振動聲帶，所
發出的音就是[tʃ]囉。

[tʃ]

 邊聽邊練習單字跟句子的發音喔

大聲唸出單字喔

❶ child [tʃaɪld] 小孩
❷ cheek [tʃik] 臉頰
❸ teach [titʃ] 教學
❹ kitchen [ˈkɪtʃən] 廚房
❺ picture [ˈpɪktʃɚ] 圖片
❻ watch [watʃ] 手錶

大聲唸出句子喔

❶ Cheer up!
加油！

❷ He teaches Chinese.
他教中文。

❸ Cheese and cherries match perfectly.
起士和櫻桃口味很搭。

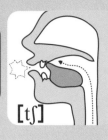 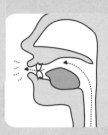

[tʃ]

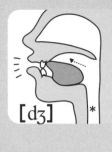 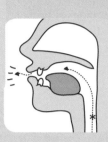

[dʒ]

 比較 [tʃ] 跟 [dʒ] 的發音

[tʃ]和[dʒ]都是氣流沿著舌頭與硬顎流出而產生的摩擦音，不同點在於
[tʃ]是無聲子音，類似用氣音說中文的「去」。而[dʒ]是有聲子音，類
似嘟著嘴巴說中文的「啾」。

[tʃ]			[dʒ]		
❶ March	[mɑrtʃ]	三月	merge	[mɝdʒ]	合併
❷ choose	[tʃuz]	選擇	juice	[dʒus]	果汁
❸ chat	[tʃæt]	聊天	jet	[dʒɛt]	噴射機
❹ cheap	[tʃip]	便宜	jeep	[dʒip]	吉普車

 玩玩嘴上體操

**Cheryl's chilly cheap chip shop
sells Cheryl's cheap chips.**

雪若的冷淡又便宜的洋芋片店賣的
是雪若的便宜洋芋片。

ch、tch 唸成[tʃ]

❶ chill　　寒冷
[tʃɪl]

❷ chimney　煙囪
[ˈtʃɪmnɪ]

❸ catch　　接
[ˈkætʃ]

❹ scratch　抓
[skrætʃ]

基礎　[tʃ]　延伸

延伸

t (在弱母音前)唸成[tʃ]

❶ congratulate　恭喜
[kənˈgrætʃə͵let]

❷ creature　　生物
[ˈkritʃɚ]

❸ cultural　　文化的
[ˈkʌltʃərəl]

ti (前接s)唸成[tʃ]

❶ question　[ˈkwɛstʃən]　問題

❷ suggestion [səˈdʒɛstʃən] 建議

 練習一下

請選出正確答案

1. (　) teach　[ti＿]　　❶ [ʃ]　　❷ [t]　　❸ [tʃ]
教

2. (　) cheek [＿ik]　　❶ [ʃ]　　❷ [t]　　❸ [tʃ]
臉頰

答案：1. ③　2. ③

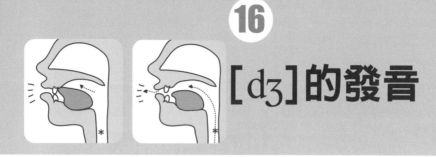

[dʒ]的發音

給你香一個「啾～」！

啾 ♡

 怎麼發音呢

[dʒ]與[tʃ]的發音方式相當類似。同樣將舌頭靠近硬顎，接著把氣流留在口腔之中，使氣流受到一點阻礙後流出，與舌頭和硬顎間的空隙產生摩擦，此時要振動聲帶，所發出的音就是[dʒ]囉！

132

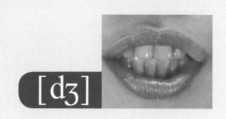

[dʒ]

 邊聽邊練習單字跟句子的發音喔

大聲唸出單字喔

❶ job　[dʒɑb]　工作

❷ gym　[dʒɪm]　體育館

❸ join　[dʒɔɪn]　參加

❹ magic　[ˈmædʒɪk]　魔術

❺ Japan　[dʒəˈpæn]　日本

❻ page　[pedʒ]　頁數

大聲唸出句子喔

❶ Good job!
做得好！

❷ The giraffes are jogging.
長頸鹿在慢跑。

❸ The soldier has a large package.
那名軍人有個大包裹。

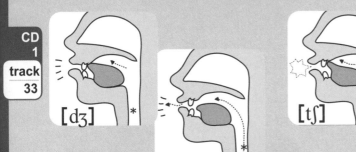

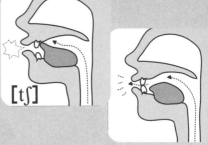

[dʒ] *   [tʃ]

 比較 [dʒ] 跟 [tʃ] 的發音

[dʒ]和[tʃ]都是氣流從舌頭與硬顎流出，產生的摩擦音，不同點在於 [dʒ]是有聲子音，類似嘟著嘴巴的「啾」。[tʃ]是無聲子音不需振動聲帶。請感受兩者聲帶振動的差別。

[dʒ]			[tʃ]		
❶ gin	[dʒɪn]	琴酒	chin	[tʃɪn]	下巴
❷ jelly	['dʒɛlɪ]	果凍	cherry	['tʃɛrɪ]	櫻桃
❸ cage	[kedʒ]	籠子	catch	['kætʃ]	接到
❹ juice	[dʒus]	果汁	choose	[tʃuz]	選擇

 玩玩嘴上體操

The judge likes juice and jazz music.

那法官喜歡果汁和爵士樂。

10倍速音標記憶網—— **哪些字母或字母組合唸成[dʒ]**

j 唸成[dʒ]

❶ pajamas　　睡衣褲
　[pəˈdʒæməs]
❷ project　　企畫
　[prəˈdʒɛkt]
❸ reject　　拒絕
　[rɪˈdʒɛkt]

g（g後接e,i,y）唸成[dʒ]

❶ page　　　頁
　[pedʒ]
❷ engine　　引擎
　[ˈɛndʒən]
❸ energy　　動力
　[ˈɛnɚdʒɪ]

dg、dj 唸成[dʒ]

❶ edge　　　[ɛdʒ]　　　邊緣
❷ budget　　[ˈbʌdʒɪt]　經費
❸ adjust　　[əˈdʒʌst]　調整
❹ adjective　[ˈædʒɪktɪv]　形容詞

 練習一下

請選出題目可排列出的單字

1. ( ) [pedʒ]　❶ pig 豬　❷ paje X　❸ page 頁

2. ( ) [dʒus]　❶ joyce 人名　❷ juice 果汁　❸ guice X

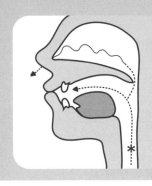

⑰

[m]的發音

「嗯～」哪個好呢？

 ## 怎麼發音呢

[m]的發音位置跟[p]和[b]一樣，都是將上下唇緊閉，將氣流留在口腔中，接著緊閉雙唇，使氣流從鼻腔衝出，就是[m]的發音了。當[m]在發音結尾時，像是"come"等，也要以雙唇緊閉作為結尾喔！

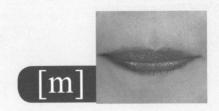

[m]

 邊聽邊練習單字跟句子的發音喔

大聲唸出單字喔

❶ map　　　[mæp]　地圖

❷ mix　　　[mɪks]　混合

❸ mean　　 [min]　意義

❹ come　　 [kʌm]　　來

❺ bomb　　 [bɑm]　　炸彈

❻ remember [rɪˈmɛmbɚ] 記得

大聲唸出句子喔

❶ Turn off the lamp.
　　　關上燈。

❷ Tom bumped into Tim.
　　　湯姆巧遇提姆。

❸ Mother got mad and screamed.
　　　媽媽生氣又尖叫。

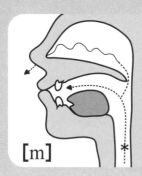
[m]

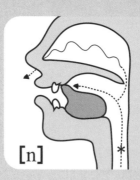
[n]

 比較[m]跟[n]的發音

在發[m]和[n]都會有鼻音，但兩者除了都是有聲鼻音外，發音部位相差
很多喔！[m]需要雙唇緊閉，再將氣流從嘴巴和鼻子送出，而[n]則是將
舌尖頂在上牙齦，雙唇微開發音。

[m]			[n]		
❶ sum	[sʌm]	總和	sun	[sʌn]	太陽
❷ ham	[hæm]	火腿肉	hand	[hænd]	手
❸ mice	[mæɪs]	老鼠	nice	[naɪs]	良好
❹ moon	[mun]	月亮	noon	[nun]	中午

 玩玩嘴上體操

**Mickey Mouse and Minnie
Mouse are kids' dreams.**

米老鼠和米妮都是小孩子
的夢想。

10倍速音標記憶網—— 哪些字母或字母組合唸成[m]

m 唸成[m]

❶ admire　　稱讚
　[əd'maɪr]
❷ mistake　　弄錯
　[mɪ'stek]
❸ aim　　　瞄準
　[em]

mm 唸成[m]

❶ summer　　夏天
　['sʌmɚ]
❷ yummy　　可口
　['jʌmɪ]
❸ common　　普通的
　['kɑmən]

 練習一下

請選出正確答案

1. ( ) mean　　❶ [nim]　　❷ [nmi]　　❸ [min]
　　　混合

2. ( ) come　　❶ [kʌn]　　❷ [kʌb]　　❸ [kʌm]
　　　來

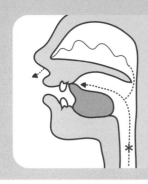

⑱

[n]的發音

這本書很不錯「呢」！

呢

 怎麼發音呢

[n]的發音位置跟[t]和[d]相近，都是將舌頭前端放在上牙齒齦後面，
使氣流在口腔中蓄勢待發，接著放開舌頭，使氣流從鼻腔衝出，就是
[n]的發音了。

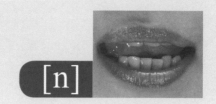

[n]

 邊聽邊練習單字跟句子的發音喔

大聲唸出單字喔

❶ no   [no]   不   ❹ nine   [naɪn]   九

❷ net   [nɛt]   網子   ❺ winter   [ˈwɪntɚ]   冬天

❸ can   [kæn]   罐頭   ❻ invite   [ɪnˈvaɪt]   邀請

大聲唸出句子喔

❶ It is raining now.
現在正在下雨。

❷ It is windy in winter.
冬天風很大。

❸ We had wine after dinner.
我們晚餐後喝了紅酒。

141

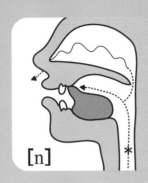

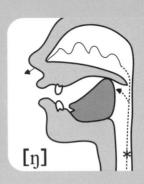

[n]

[ŋ]

 比較[n]跟[ŋ]的發音

[n]和[ŋ]都是鼻音，但發音位置差了很多喔！[n]是用舌端輕輕彈一下上牙齦，有點類似中文「呢」，而[ŋ]是用舌頭根部抵住軟顎而發聲，類似注音的「ㄥ」。

[n]		
❶ win	[wɪn]	贏
❷ keen	[kin]	激烈
❸ sin	[sɪn]	罪
❹ thin	[θɪn]	瘦的

[ŋ]		
wing	[wɪŋ]	翅膀
king	[kɪŋ]	國王
sing	[sɪŋ]	唱歌
thing	[θɪŋ]	事情

 玩玩嘴上體操

Nine nice night nurses nursing nicely.

九個不錯的夜班護士很會
護理病人。

n 唸成[n]		nn 唸成[n]	
❶ ocean ['oʃən]	海洋	❶ sunny ['sʌnɪ]	陽光充足的
❷ only ['onlɪ]	只是	❷ dinner ['dɪnɚ]	晚餐
❸ open ['opən]	打開	❸ bunny ['bʌnɪ]	兔子

基礎1 ← [n] → 基礎2

 練習一下

請選出正確答案

1. ( ) [kæn]　❶ fan 電風扇　❷ pen 筆　❸ can 罐頭

2. ( ) [nɛt]　❶ net 網子　❷ mat 坐墊　❸ fit 符合

答案：1.③　2.①

143

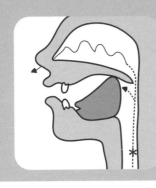

[ŋ]的發音

「哼」大鑽石有什麼了不起！

 ## 怎麼發音呢

[ŋ]的發音位置跟[k]和[g]很相近，都是抬高後面的舌頭來抵住軟顎，使氣流留在口腔中，接著放開舌頭，使氣流從鼻腔衝出，此時振動聲帶，就是[ŋ]的發音了。

CD
1
track
36

哼

[ŋ]

 邊聽邊練習單字跟句子的發音喔

大聲唸出單字喔

❶ ink	[ɪŋk]	墨水	❹ sing	[sɪŋ] 唱歌
❷ link	[lɪŋk]	連結	❺ ring	[rɪŋ] 戒指
❸ drink	[drɪŋk]	喝	❻ morning	[ˈmɔrnɪŋ] 早晨

大聲唸出句子喔

❶ The ring is pink.
　　　　　戒指是粉紅色的。

❷ The king is singing.
　　　　　國王正在唱歌。

❸ Bring the ink.
　　　　　帶墨水來。

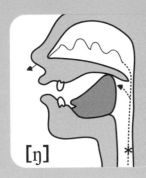

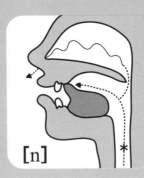

[ŋ]

[n]

 比較[ŋ]跟[n]的發音

[ŋ]跟[n]都是鼻音,但發音位置差了很多喔![n]是用舌端輕輕彈一下上牙齦,有點類似中文「呢」,而[ŋ]是用舌頭根部抵住軟顎而發聲,類似注音的「ㄥ」。

[ŋ]		
❶ sing	[sɪŋ]	唱歌
❷ pink	[pɪŋk]	粉紅
❸ wing	[wɪŋ]	翅膀
❹ along	[ə'lɔŋ]	沿著

[n]		
sin	[sɪn]	罪過
pin	[pɪn]	別針
win	[wɪn]	贏
alone	[ə'lon]	孤獨

 玩玩嘴上體操

The king is singing on the pink swing in Beijing.

國王正在北京的一座粉紅
鞦韆上唱歌。

ng 唸成[ŋ]

❶ singer 歌手
['sɪŋɚ]
❷ single 單身
['sɪŋgl̩]
❸ hang 懸掛
[hæŋ]

基礎1 ← [ŋ] → 基礎2

n 唸成[ŋ]

❶ sink 水槽
[sɪŋk]
❷ tank 坦克車
[tæŋk]
❸ uncle 叔叔
[ʌŋkl̩]

 練習一下

請選出缺少的音標

1. ( ) drink [drɪ_k] ❶ [n] ❷ [m] ❸ [ŋ]
喝

2. ( ) sing [sɪ_] ❶ [n] ❷ [m] ❸ [ŋ]
唱歌

答案：1.③ 2.③

147

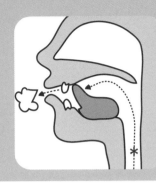

⑳ [1] 的發音

人家不要喝「了」啦！

人家不要喝「了」啦！

 怎麼發音呢

[1]的發音跟中文的「ㄌ」類似，都是將舌頭前端放在上牙齦後面，然後振動聲帶，讓氣流緩緩的從舌頭兩邊流出，所以叫做「邊音」。當[1]在字尾時，像是"pull"，別忘了最後舌頭要稍微碰到牙齦後面喔！

[1]

 邊聽邊練習單字跟句子的發音喔

大聲唸出單字喔

❶ lie	[laɪ]	謊言	❹ gold	[gold]	黃金
❷ lot	[lɑt]	籤	❺ pull	[pʊl]	拉
❸ play	[ple]	玩耍	❻ dollar	[ˈdɑlɚ]	元

大聲唸出句子喔

❶ Wait in line, please.
請排隊！

❷ Listen carefully to me.
仔細聽我說。

❸ The girl played with the doll.
小女孩玩過那個洋娃娃。

149

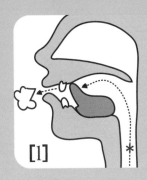 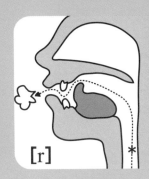

[l]   [r]

 ## 比較[l]跟[r]的發音

[l]和[r]都是有聲子音，但[r]是捲舌音，發音不同點在兩者舌頭位置。[l]是將舌頭前端放在上牙齦後面。而[r]要將舌尖後捲到更後面。

[l]		
❶ late	[let]	遲到
❷ fly	[flaɪ]	飛
❸ till	[tɪl]	直到
❹ play	[ple]	玩

[r]		
rate	[ret]	匯率
fry	[fraɪ]	炸
tear	[tɪr]	淚水
pray	[pre]	祈禱

 ## 玩玩嘴上體操

Lovely lemon liniment lightens Lily's left leg.

好用的檸檬藥膏讓莉莉的
左腳舒服多了。

I 唸成[l]		II 唸成[l]	
❶ last [læst]	最後	❶ allow [əˈlaʊ]	允許
❷ black [blæk]	黑	❷ kill [kɪl]	殺死
❸ link [lɪŋk]	連結	❸ really [ˈriəlɪ]	真的

 練習一下

請選出正確答案

1. ( ) [ple]　❶ psay
X
❷ pray
祈禱
❸ play
玩耍

2. ( ) [pʊl]　❶ poor
可憐
❷ pull
拉
❸ put
放置

答案：1.❸　2.❷

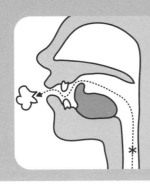

㉑

[r]的發音

耶！來「rock」一下吧！

怎麼發音呢

[r]又叫捲舌音。首先將舌頭中間部分微微凹下去，接著將舌尖稍微往後捲起，此時振動聲帶所發出的音就是[r]囉！當[r]在母音前面時，例如 "red"，嘴唇要像吹蠟燭一樣嘟成圓形；當[r]在母音後面時，像是 "war"，發音很像「ㄦ」呢！

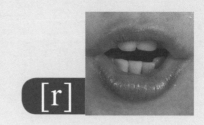

[r]

 邊聽邊練習單字跟句子的發音喔

大聲唸出單字喔

❶ red	[rɛd]	紅色	❹ fear	[fɪr]	害怕
❷ try	[traɪ]	嘗試	❺ rage	[redʒ]	生氣
❸ war	[wɔr]	戰爭	❻ parent	['pɛrənt]	父母

大聲唸出句子喔

❶ I am all ears.
我洗耳恭聽。

❷ Red represents rage.
紅色代表憤怒。

❸ Don't cry over spilt milk.
覆水難收。

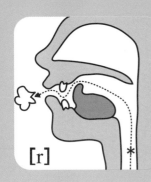 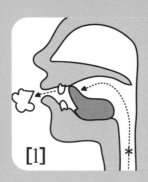

[r]　[l]

 比較[r]跟[l]的發音

[r]和[l]都是有聲子音，但[r]是捲舌音，不同點在兩者舌頭位置。[l]是將舌頭前端放在上牙齦後面，類似注音的「ㄌ」。而[r]要將舌尖後捲到更後面，類似注音的「ㄦ」。

[r]		
❶ worp	[wɔrp]	彎曲
❷ war	[wɔr]	戰爭
❸ rock	[rɑk]	搖滾樂
❹ write	[raɪt]	寫

[l]		
walk	[wɔk]	散步
wall	[wɔl]	牆壁
lock	[lɑk]	鎖
light	[laɪt]	光線

 玩玩嘴上體操

He is ready to propose in the restaurant with a ring and roses.
他已經準備好要在餐廳裡用戒指和玫瑰花求婚。

r 唸成[r]

❶ gray   灰
[gre]
❷ red   紅
[rɛd]
❸ deer   鹿
[dɪr]

基礎1 ←  [r] → 基礎2

rr 唸成[r]

❶ carry   運送
[ˈkærɪ]
❷ arrive   到達
[əˈraɪv]
❸ tomorrow   明天
[təˈmɑro]

 練習一下

請選出缺少的音標

1. ( ) war [wɔ_]   ❶ [k]   ❷ [r]   ❸ [l]
     戰爭

2. ( ) wall [wɔ_]   ❶ [l]   ❷ [k]   ❸ [r]
     牆壁

答案：1.②   2.①

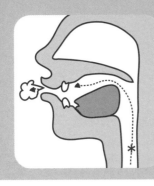

22

[w]的發音

「巫」好險喔！

巫

怎麼發音呢

[w]為半母音，跟母音[u]的發音方式很像。首先讓嘴唇發像[u]一樣的圓唇，將舌頭後半部往上延伸接近軟顎，留下通道讓氣流緩緩流過，同時振動聲帶。如果後面接著母音，例如"we[wi]"，要快速的從[w]的位置滑到[i]的位置。

[w]

 邊聽邊練習單字跟句子的發音喔

大聲唸出單字喔

❶ we	[wi]	我們		❹ window	['wɪndo]	窗戶
❷ way	[we]	路		❺ away	[ə'we]	遠離
❸ wear	[wɛr]	穿		❻ swim	[swɪm]	游泳

大聲唸出句子喔

❶ Where were we?
我們剛才在哪裡？

❷ The waiter wears uniform.
服務生穿著制服。

❸ The weather is getting worse.
天氣變糟了。

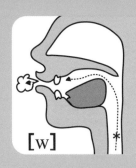
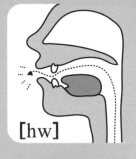
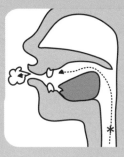

[w]　[hw]

比較 [w] 跟 [hw] 的發音

[w]的發音類似中文的「我」，但是，當[hw]這樣的音標組合出現時，
[h] [w]就聯合成了類似中文「壞」的發音囉！

[w]		
❶ witch	[wɪtʃ]	巫婆
❷ want	[wɑnt]	想要
❸ wide	[waɪd]	寬的
❹ wear	[wɛr]	穿著

[hw]		
which	[hwɪtʃ]	哪個
what	[hwɑt]	什麼
white	[hwaɪt]	白的
where	[hwɛr]	哪裡

玩玩嘴上體操

**Which witch wished which
wicked wish?**

是哪個女巫許了這個邪惡
的願望？

w 唸成[w]

❶ wonderful 很棒的
　['wʌndɚfəl]
❷ wind 風
　[wɪnd]
❸ wisdom 智慧
　['wɪzdəm]

qu 唸成[w]

❶ equal 平等的
　['ikwəl]
❷ quickly 迅速地
　['kwɪklɪ]

gu 唸成[w]

❶ distinguish [dɪ'stɪŋgwɪʃ] 辨認出

❷ language ['læŋgwɪdʒ] 語言

 練習一下

請選出正確的答案

1. ( ) [wɛr]　❶ fire　❷ lier　❸ wear
　　　　　　　 火　　　 騙子　　 穿

2. ( ) [swɪm]　❶ smim　❷ swim　❸ sphim
　　　　　　　　 X　　　 游泳　　 X

答案：1.③　2.②

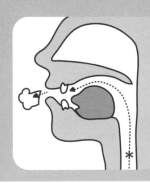

㉓ [j]的發音

「耶」！今天沒有功課！

耶！

 怎麼發音呢

[j]常常跟在母音的前面，跟母音[i]的發音位置很像，都是將舌頭前端往上延伸接近硬顎，接著讓氣流緩緩流出，同時振動聲帶。但不同的是，[j]通常很快的從[j]滑到後面母音的位置，算是協助母音的角色，所以又稱為「半母音」。

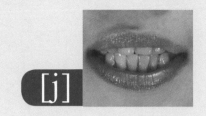

[j]

 邊聽邊練習單字跟句子的發音喔

大聲唸出單字喔

❶ yes   [jɛs]   是   ❹ youth   [juθ]   年輕

❷ yet   [jɛt]   還沒   ❺ yellow   ['jɛlo]   黃色

❸ year   [jɪr]   年   ❻ yesterday   ['jɛstɚˌde]   昨天

大聲唸出句子喔

❶ Happy New Year!

新年快樂！

❷ You are young.

你很年輕。

❸ Yes, this flight is to New York.

是的，這班機是往紐約。

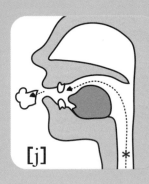
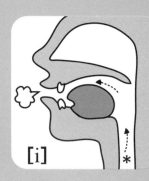

 比較 [j] 跟 [i] 的發音

[j]跟[i]的發音位置很像，都是將舌頭前端接近硬顎。但不同的是，[j]通常很快的從[j]滑到後面母音的位置，所以發音很短，幾乎和後面的母音連在一起。

[j]		
❶ yes	[jɛs]	是的
❷ yet	[jɛt]	還沒

[i]		
east	[ist]	東方
eat	[it]	吃

玩玩嘴上體操

The yellow yacht is not yet in New York.

黃色遊艇還沒到達紐約。

y 唸成[j]

❶ yellow　　黃色
[ˈjɛlo]
❷ yesterday　昨天
[ˈjɛstɚˌde]
❸ yes　　　是
[jɛs]

基礎1 ← [j] → 基礎2

i 唸成[j]

❶ onion　　洋蔥
[ˈʌnjən]
❷ Italian　　義大利的
[ɪˈtæljən]
❸ companion 同伴
[kəmˈpænjən]

 練習一下

請選出畫底線單字的發音

1. ( ) y<u>e</u>llow　　❶ [s]　　❷ [j]　　❸ [r]
　　黃色

2. ( ) <u>ear</u>　　❶ [ɪ]　　❷ [j]　　❸ [r]
　　耳朵

答案：1. ②　2. ①

163

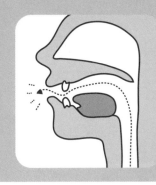

24

[h]的發音

「哈〜」怎麼還這麼多啊！

 怎麼發音呢

[h]的發音位置雖然跟中文的「ㄏ」很像，卻有些微的不同喔！首先跟
「ㄏ」一樣嘴形半開，接著讓氣流流出，在通過喉部時與喉嚨摩擦，
這樣所發出的音就是[h]囉！[h]的發音部位比「ㄏ」還要靠近喉部喔！

[h]

 邊聽邊練習單字跟句子的發音喔

大聲唸出單字喔

❶ he   [hi]   他
❷ ham   [hæm]   火腿
❸ hit   [hɪt]   打擊

❹ hair   [hɛr]   頭髮
❺ here   [hɪr]   這裡
❻ behind [bɪˈhaɪnd] 後面

大聲唸出句子喔

❶ He is happy.
　　　　　　他很快樂。
❷ The host held my hand.
　　　　　　主人跟我握手。
❸ The hippo hides behind the house.
　　　　　　河馬躲在房子後面。

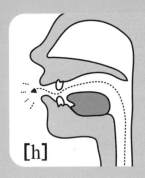 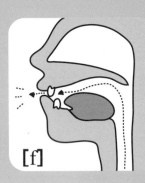

[h]　　　　　　　[f]

 比較[h]跟[f]的發音

[h]和[f]都是無聲子音，但發音的方法有很大的差別。[h]是將嘴巴打開，利用氣流摩擦喉嚨發出氣音，而[f]則是用氣流摩擦嘴唇和牙齒而發聲。

[h]		
❶ hit	[hɪt]	打擊
❷ hat	[hæt]	帽子
❸ hollow	[ˈhɑlo]	空洞
❹ hear	[hɪr]	聽

[f]		
fit	[fɪt]	合身
fat	[fæt]	肥胖
follow	[ˈfɑlo]	跟隨
fear	[fɪr]	害怕

玩玩嘴上體操

He heard the host help the long hair girl.

他聽說主人在幫助那位長髮女孩。

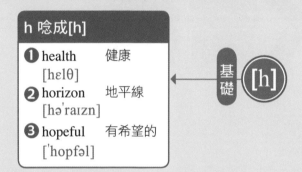

h 唸成[h]

❶ health　　健康
　[hɛlθ]
❷ horizon　　地平線
　[həˈraɪzn]
❸ hopeful　　有希望的
　[ˈhopfəl]

基礎 → [h]

 練習一下

請選出正確答案

1. (　) [hæm]　❶ ham　　❷ mam　　❸ fam
　　　　　　　　　火腿　　　 X　　　　 X

2. (　) [hi]　　❶ mi　　　❷ he　　　❸ fi
　　　　　　　　　 X　　　　他　　　　 X

答案：1.① 2.②

蝦米！7天就會？歹勢！是真的！

7天學會
Kenyon and Knott
KK音標

（25K+1CD）

I good 英語 06

初版 2016年6月

作者 ● 里昂

發行人 ● 林德勝

出版發行 ● 山田社文化事業有限公司

臺北市大安區安和路一段112巷17號7樓

電話 02-2755-7622

傳真 02-2700-1887

郵政劃撥 ● 19867160號　大原文化事業有限公司

網路購書 ● 日語英語學習網　http://www. daybooks. com. tw

總經銷 ● 聯合發行股份有限公司

新北市新店區寶橋路235巷6弄6號2樓

電話 02-2917-8022

傳真 02-2915-6275

印刷 ● 上鎰數位科技印刷有限公司

法律顧問 ● 林長振法律事務所　林長振律師

定價 ● 新台幣249元

ISBN ● 978-986-6751-10-3

STS

山田社

STS

STS

山田社

STS

山田社